AF070029

Derrick Widmer

ABENTEUERLICHER „RUSSLAND-FELDZUG" IN DEN 1990ER-JAHREN

Privatisierung, Oligarchen, Zementbeteiligungen, Mafia und Wodka

www.novumverlag.com

Bibliografische Information der Deutschen Nationalbibliothek:

Die Deutsche Nationalbibliothek verzeichnet diese Publikation in der Deutschen Nationalbibliografie. Detaillierte bibliografische Daten sind im Internet über http://www.d-nb.de abrufbar.

Alle Rechte der Verbreitung, auch durch Film, Funk und Fernsehen, fotomechanische Wiedergabe, Tonträger, elektronische Datenträger und auszugsweisen Nachdruck, sind vorbehalten.

© 2012 novum publishing gmbh

ISBN 978-3-99026-605-2
Lektorat: Sarah Schroepf
Umschlagfotos: Derrick Widmer, Alexey Fedorov | Dreamstime.com
Umschlaggestaltung, Layout & Satz: novum publishing gmbh
Innenabbildungen: Derrick Widmer (15)

Die vom Autor zur Verfügung gestellten Abbildungen wurden in der bestmöglichen Qualität gedruckt.

Gedruckt in der Europäischen Union auf umweltfreundlichem, chlor- und säurefrei gebleichtem Papier.

www.novumverlag.com

Meiner Familie gewidmet

*„Das Leben kann nur rückblickend verstanden werden.
Es muss aber vorausschauend gelebt werden."*

(Sören Kierkegaard 1813–1855,
dänischer Philosoph, Schriftsteller)

Inhaltsverzeichnis

From Russia with love 9
Das Abenteuer beginnt in Moskau 16
Der Untergang der Sowjetunion 1991 26
Die Privatisierung von 1992 bis 1994
(Vouchers und Auktionen) 29
Zum zweiten Mal in Moskau (September 1993) 36
Es liegt eine bedrohliche Spannung in der Luft 44
Die Krise ist vorbei – Reminiszenzen 49
Beurteilung verschiedener Zementwerke vor Ort
(Due Diligence) im November/Dezember 1993 57
Armut und Inflation in Russland 66
Antrag an die Konzernleitung im Dezember 1993
für ein Verhandlungsmandat 69
Von Moskau nach Perm (ein bedeutendes Industriezentrum)
im Ural und weiter nach Gornosavodsk im Januar 1994 71
Der Deal: Wie der Entwurf für einen Beteiligungsvertrag
mit Alfa Cement langsam unterschriftsreif wurde
(Januar bis Mai 1994) 78
Nochmals in klirrender Kälte im Ural
(Februar/März 1994) – das Klima schreibt Geschichte 81
„Holderbank"-Bodyguards –
Mieten einer Stretchlimousine 1994 86
Sadko – das erste (Luxus-)Shoppingcenter in Moskau –
Erpressungen der Mafia 88
Harte Verhandlungen (1993/94) 90
Der Vertrag der Holderbank mit Alfa Cement (Mai 1994) ... 92
Privatisierung, 1995 bis 1999:
Pledge Auctions (Loans for shares) 94
Der Aufstieg der „Oligarchen", 1995 bis 1997 97
Erster Besuch in Shurovo (Shurovsky Tsement)
im März/April 1994 104

Im Fernen Osten von Russland – Spassk
(5.–11. November 1994) 109
Weiterfahrt von Spassk nach Nachodka
und danach Wladiwostok (November 1994) 121
Einstieg der Weltbank (IFC) –
Verhandlungen vom Herbst 1994 bis Winter 1995/96 126
Im Privatflugzeug von Moskau nach Perm
(September 1995) 129
Moskau–Kolumna–Moskau–Perm
(20.–23. März 1996) 134
Organisatorische und finanzielle Konsolidierungsphase
der Alfa Cement (1994–1996) 139
Kunsterlebnisse während unserer Zeit in Russland
1993 bis 1998) 141
Eingliederung von Alfa Cement
in die Holderbank-Gruppe 1996–1999 147
Die Jahre 1998 bis 2000 156
Die Finanzkrise 1998 164
Konsolidierung der russischen Zementindustrie
(1994–2011) 166
Russland heute und morgen 170
Schlussbemerkungen 179
Nachwort 181

From Russia with love

Während meiner Abwesenheit infolge einer Auslandsreise tauchte anfangs 1993 in der Holderbank ein Mann namens Michael Alexandrov auf und bat um ein Gespräch mit der Direktion über Investitionsmöglichkeiten in Russland. Dieser Russe hatte für die Alfa-Bank in Moskau zusammen mit einer Gruppe russischer Zementmanager eine Reihe von Beteiligungen an Zementwerken aus der Privatisierung erworben und suchte einen global agierenden Industriepartner für die weitere Entwicklung der Zementinteressen in Russland. Da niemand in der Holderbank an einer Unterredung mit Alexandrov interessiert war noch Zeit dafür hatte, landete er schlussendlich bei meinem sehr agilen und cleveren Assistenten, Dominik Wlodarczak.

Dieser war wie ich am politischen und wirtschaftlichen Umbruch in Russland sehr interessiert. War doch nur etwas mehr als ein Jahr verflossen, seit am 31. Dezember 1991 zur großen Überraschung der meisten Menschen im Westen die rote Fahne mit Hammer und Sichel von der Kuppel des Kremls in Moskau eingeholt wurde und die Sowjetunion endgültig zu existieren aufhörte.

Blicken wir einmal einige Jahrzehnte zurück:

Vor dem Ersten Weltkrieg war das russische Imperium von gewaltiger Dimension und schloss den größten Teil Polens und ganz Finnland mit ein.

Von 1917 bis 1991 existierte die Sowjetunion (Union of Soviet Socialist Republics, UdSSR) als ein einziger Staat von unglaublich riesiger geografischer Dimension, wobei das politische und wirtschaftliche System schlussendlich ein dramatisches Experiment darstellte. Die Wirtschaft basierte auf Staatseigentum aller Produktionsmittel, vom Staat vorgegebener Planung und Produktionszielen und einer kollektivierten Landwirtschaft. Zwischen den 1920er- und 1950er-Jahren gelang der Sowjetunion mit einem raschen wirtschaftlichen Wachstum der Aufbau einer eindrücklichen, fast beängstigend großen wirtschaftlichen und militärischen Macht.

Der Krieg gegen die deutschen Angreifer (1941–1945) wurde als „Großer Vaterländischer Krieg" bezeichnet, eine Bezugnahme auf den „Vaterländischen Krieg" gegen Napoleon Bonaparte im Jahr 1812. Im Zweiten Weltkrieg kamen 14 Millionen Rotarmisten ums Leben. Im Vorfeld dieses Krieges verfügte die Sowjetunion über eine große und teilweise sehr modern ausgerüstete Armee: Sie besaß die bei Weitem größte Panzerarmee der Welt, eine große Anzahl von Geschützen und Flugzeugen und eine sehr große und gut ausgerüstete Infanterie (20 000 Panzer, 17 000 Flugzeuge, 34 000 Geschütze und 5,7 Millionen Soldaten). Die Sowjetarmee war 1950 die zahlenmäßig stärkste Armee der Welt. Größte Anstrengungen verwendete die Sowjetunion damals darauf, im Rüstungswettlauf gegen die USA eine strategische Parität herzustellen.

Der Kalte Krieg, welcher von 1945 bis 1990 dauerte, spaltete die Welt in zwei feindliche Blöcke und wurde von den meisten Menschen der freien Welt in all den vielen Jahrzehnten als eine ständige Bedrohung empfunden, wobei dies im Westen und Osten zu einer nie gesehenen Aufrüstung und Demonstration militärischer Kräfte führte. Schließlich war es das deklarierte Ziel der Sowjetunion, die Weltherrschaft zu erringen, und verschiedene gefährliche Vorfälle (Blockade von Westberlin und amerikanische Luftbrücke 1948/49, Einmarsch in Ungarn 1956 mit sowjetischen Panzern, Mauerbau in Berlin 1961 mit einer 43 Kilometer langen Betonwand und Stacheldraht, Kuba-Raketenkrise 1963 mit der Gefahr eines Atomkriegs, Einmarsch in die Tschechoslowakei 1968 und damit die Niederschlagung des „Prager Frühlings") zeigten, dass die Sowjetunion es mit ihren Absichten ernst meinte und dabei auch vor militärischen Auseinandersetzungen mit dem Westblock nicht zurückschrecken würde. Die UdSSR zündete 1953 eine erste Wasserstoffbombe und entwickelte ballistische Interkontinentalflugkörper. Besonders auch mit dem ersten Sputnik (Satellitenprogramm) 1957 hatten die Sowjets ihre militärtechnologische Kompetenz bewiesen. Sie wollten in 15 Jahren die USA ein- und überholen. Nachdem die Sowjetunion dem Westen bereits mit dem erwähnten Sputnikstart vom 4. Oktober 1957 auf schockierende Art den Meister gezeigt hatte, demonstrierte sie mit ihrem Woschod-Programm für bemannte Raumfahrt ein weiteres Mal ihren Vorsprung im Rennen um die Vorherrschaft im All. Am 21. Februar 1962 umkreiste in 108 Minuten Juri Gagarin in seiner Wostok-3-Kapsel die Erde. Gagarin wurde zum ersten „Pop-Star" der UdSSR und zum weltweit bekanntesten Menschen jener Jahre (NZZ April 2011). Als Gegenreaktion erklärte Präsident John F. Kennedy am 25. Mai 1962 in einer speziellen „joint session of Congress":

„I believe that this nation should commit itself to achieving the goal, before this decade is out, of landing a man on the moon and returning him safely to the earth."

Dieses ehrgeizige Ziel wurde mit der Apollo Mission 11 im Jahr 1969 tatsächlich erreicht. Die drei Astronauten Neil Armstrong, Edwin „Buzz" Aldrin und Michael Collins starteten am 16. Juli 1969 mit einer Saturn-V-Rakete vom Kennedy Space Center in Florida und erreichten am 19. Juli eine Mondumlaufbahn. Am nächsten Tag landeten Armstrong und Aldrin in der Mondfähre *Eagle* auf dem Mond, während Collins im Mond-Orbit blieb. Wenige Stunden später betrat Armstrong als erster Mensch den Mond, danach folgte Aldrin. Neil Armstrong sprach den damals berühmten Satz: „That's one small step for (a) man, but one giant leap for mankind."

US-Präsident Jimmy Carter und der kränkliche Breschnew unterzeichneten in Wien 1979 einen umfassenden Abrüstungsvertrag (SALT II). Der US-Senat lehnte die Ratifizierung jedoch wegen der Invasion Afghanistans durch die Sowjettruppen im Dezember 1979 ab. Damit begann eine neue Periode der Aufrüstung.

Weniger bekannt als die militärische Macht der Sowjetunion war den meisten Menschen im Westen, dass das wirtschaftliche Wachstum bereits seit den 1960er-Jahren abnahm und ab Mitte der 1980er-Jahre überhaupt kein Wachstum mehr stattfand. Auch die technologische Innovation begann zu stagnieren. Dies war mir damals jedoch ebenfalls nicht bewusst, da es infolge der sowjetischen Informationssperren im Westen keine zuverlässigen Angaben über die sowjetische Wirtschaft gab. Dazu kam, dass mögliche wirtschaftliche Schwächen von den Gefahren des Kalten Krieges vollkommen überschattet waren.

Der brillante Historiker Niall Ferguson schreibt in seinem Buch „Der Westen und der Rest der Welt", dass die CIA 1985, als Michail Gorbatschow Generalsekretär der KPdSU wurde, fälschlicherweise die Größe der sowjetischen Wirtschaft auf ungefähr 60 Prozent der amerikanischen schätzte. Das sowjetische Nukleararsenal sei aber tatsächlich größer als das der Vereinigten Staaten gewesen. Der Harvard-Professor Ferguson ist ferner der Auffassung: „Wenn der Kalte Krieg jemals heiß geworden wäre, hätte ihn die Sowjetunion höchstwahrscheinlich gewonnen. Zum einen war ihr politisches System viel eher fähig, schwere Kriegsverluste zu kompensieren (im Zweiten Weltkrieg starben in Relation zur Vorkriegsbevölkerung fünfzigmal mehr Sowjetbürger als US-Amerikaner), zum andern war ihr Wirtschaftssystem ideal für die Massenproduktion hoch entwickelter Waffen geeignet." Tatsächlich verfügten die Sowjets um 1974 über ein beträchtlich größeres Arsenal an strategischen Bombern und ballistischen Raketen. Auch wissenschaftlich lagen sie nur ganz leicht zurück. Außerdem besaßen sie eine Ideologie, die in den nachkolonialen Gesellschaften überall in der „Dritten Welt", wie man sie jetzt nannte, bedeutend attraktiver war als die amerikanische.

Der sowjetische Geheimdienst KGB mit seinen grausamen Methoden war stark im Bewusstsein meiner Generation verankert. In den westlichen Zeitungen wurde die Meinung der offiziellen „Prawda" zu politischen Ereignissen mitunter wiedergegeben. Sonst wussten wir damals sehr wenig darüber, was in der Sowjetunion wirklich vor sich ging. Erst von Michail Gorbatschow, dem Generalsekretär der kommunistischen Partei (und späteren Präsidenten der Sowjetunion), wussten wir, dass er 1985 versuchte, die wirtschaftliche Stagnation zu überwinden, indem er unter den Schlagworten Perestroika (Umgestaltung der Wirtschaft) und Glasnost (Offenheit) eine Entwicklung in Gang setzte, die unter seinem Amtsnachfolger Boris Jelzin zum Ende des Sowjetkommunismus und zur Auflösung der Union der Sozialistischen Sowjetrepubliken führte. Anders als Gorbatschow wollte Jelzin das sowjetische Wirtschaftssystem nicht retten, sondern es zerstören.

Die russischen Streitkräfte waren die Rechtsnachfolger der sowjetischen Streitkräfte. Anfangs 1992 befanden sie sich angesichts der katastrophalen wirtschaftlichen Versorgungslage, der anstehenden Rückkehr von 500 000 Soldaten auf russischen Boden und der anhaltenden negativen Stimmung gegenüber dem Militär allerdings in einem Zustand des organisatorischen und psychologischen Chaos. Das Verteidigungsministerium der Russischen Föderation war bemüht, sich möglichst jene Teile aus der Erbmasse des sowjetischen Militärpotenzials anzueignen, die Russland langfristig den Status einer militärischen Weltmacht sicherten. Dazu gehörte vor allem die Kontrolle über die Atomwaffen.

Der Eiserne Vorhang bedeutete nicht nur eine politische Trennlinie mitten durch Europa, sondern auch eine Sperre für den freien Fluss von Nachrichten und Informationen. Fakten über die Vorgänge in Russland und den sowjetisch beherrschten Ländern Osteuropas waren spärlich und mussten stets mit großem Misstrauen beurteilt werden. Leonid Breschnew, der den Prager Frühling (den ich als Tourist selber noch erlebte) im August 1968 gewaltsam durch Truppen des Warschauer Paktes unterdrückte, erlaubte Ausländern erstmals, mit dem eigenen Auto einzureisen, dies aber nur auf genau vorgeschriebener Strecke: von Ungarn über Kiew oder von Polen über Smolensk nach Moskau und Leningrad. Diese vom staatlichen Reisebüro *Intourist* definierten Korridore durften nur in den im Visum vermerkten Zeitabschnitten befahren werden. Zudem wurden diese Reisen vom KGB genau überwacht. In der Schweiz wusste man auch, dass die Bundespolizei solche Touristen in einem Verzeichnis für kommunistische Ostkontakte festhielt, was sich für die Berufskarriere unter Umständen nachteilig auswirken konnte.

Alle im Westen, die den Kalten Krieg in irgendeiner Form erlebt hatten, waren von der Bedrohung durch die Sowjetunion geprägt. Es war uns allen klar, dass sich die kommunistische Führung als Volksherrschaft ausgab, in Wirklichkeit jedoch die Diktatur einer selbst ernannten politischen Elite war. Wir wussten aber praktisch nichts über das Leben eines einfachen Sowjetbürgers, da der Eiserne Vorhang den Blick in einen autoritären Staat, dessen Wirtschaft kollektiviert war, nicht zuließ. Es gab allerdings vereinzelt linksorientierte Politiker, Autoren und Künstler, für die sich die Sowjetunion mit der Zeit zu einer Art Pilgerstätte entwickelte. Diese Menschen wollten den ersten sozialistischen Arbeiter- und Bauernstaat sehen, der zu Glück verheißenden Darstellungen des Sozialismus Anlass gab. Diese linkslastigen und voreingenommenen Leute konnten selbstverständlich kein zuverlässiges Bild der Sowjetunion vermitteln. Als Beispiel vieler linksorientierter Intellektueller und Künstler, die als Bewunderer des Kommunismus in die Sowjetunion pilgerten, sei nur ein Einziger herausgegriffen: Pablo Neruda (1904–1972), der große chilenische Dichter, besaß „die mächtigste Stimme des lateinamerikanischen Kontinents", meint Hans Magnus Enzenberger. Gemäß der NZZ (15.8.2011) hatte indes der politische Neruda ein zweites Gesicht, was bis heute meist verdrängt wird. Der Philanthrop besang einen Massenmörder. „Menschen Stalins! Wir tragen mit Stolz diesen Namen", deklamierte er.

Den Schlüssel zu seinem Verständnis hatte Stalin selbst mit seinem Credo geliefert: „Das Opfer wählen, den zu führenden Schlag sorgfältig vorbereiten, den Rachedurst unerbittlich stillen und sich dann schlafen legen … Es gibt nichts Süßeres auf der Welt." Nach vorsichtigen Schätzungen hat Stalin 40 Millionen Menschen auf seinem Gewissen.

Die wenigen westlichen Geschäftsleute, die in der Sowjetunion für ausländische Firmen unterwegs waren, hatten ebenfalls keinen Überblick, da sie ständig überwacht wurden und nur das sehen konnten, was die Regierung bereit war, ihnen zu zeigen.

Karl Eckstein, der sich 1982 hinter dem Eisernen Vorhang in Moskau niederließ – als im Kreml noch Breschnew herrschte –, schrieb mir, das stimme seiner Meinung nach nicht ganz: „Ich war zum Beispiel seit 1982 oft in den baltischen Staaten herumgereist, als bei uns praktisch noch niemand die Namen Estland, Lettland und Litauen kannte. Das Problem rührte wohl eher daher, dass bei uns kein Interesse an Ersthandinformation bestand und sich die Berichterstattung zur Sowjetunion auf Kreml-Astrologie beschränkte. Die Überwachung hat schon zu meiner Zeit kaum mehr funktioniert."

Doch plötzlich war alles anders, die Mauer in Berlin war im November 1989 für praktisch alle Menschen überraschend gefallen und – noch überraschender – die Sowjetunion hatte Ende 1991 aufgehört zu existieren. Der berüchtigte Eiserne Vorhang – nur 300 Kilometer von der Schweiz entfernt – hatte sich vollständig geöffnet. Die unerwartete Möglichkeit, einen ideologisch unverstellten Einblick in die postkommunistische Welt zu erhalten, welche damals nur in ersten Ansätzen privatisiert war und in der die immer noch gut organisierten Kommunisten mit vielen Anhängern auf eine Rückkehr an die Macht hofften, übte auf Dominik und mich eine ungeheure Anziehungskraft aus. Die vom Westen als „Zeitwende" bezeichnete entscheidende Übergangsphase vom sowjetischen zum postsowjetischen Russland selber zu erleben, war unsere Motivation trotz enormer Hürden, welche dieses Unterfangen schwierig machten, aber gleichzeitig eine unwiderstehliche Versuchung darstellten.

Das Abenteuer beginnt in Moskau

Dominik berichtete mir über das interessante Gespräch mit jenem unbekannten Russen und die Möglichkeit, Zementbeteiligungen günstig in Russland zu erwerben. Alexandrov hatte ihn überdies nach Moskau eingeladen. Da wir beide von der einmaligen Gelegenheit eines günstigen Kaufs von Zementbeteiligungen fasziniert waren und gleichzeitig Russland näher kennenzulernen wünschten, diskutierten wir zusammen das weitere Vorgehen. Da ich überhaupt nicht für Zement-Akquisitionen zuständig war, überlegten wir uns, ob wir allenfalls als Berater im Rahmen eines TACIS-Projekts der Europäischen Union (EU) nach Moskau auf Brautschau gehen sollten oder wie wir sonst den ungeheuren politischen und wirtschaftlichen Umbruch vor Ort erleben konnten. TACIS war ein Finanzierungsinstrument der EU. Die Abkürzung stand für „Technical Assistance to the Commonwealth of Independent States". TACIS wurde 1991 gegründet, um die Beziehungen der EU mit den Ländern Osteuropas und Zentralasiens durch ein Programm der technischen Hilfe zu unterstützen. Das Programm förderte den Prozess des Übergangs zur Marktwirtschaft und die Demokratisierung der betreffenden Länder. Die Schweiz konnte an Projekten dieses Entwicklungsprogramms ebenfalls teilnehmen.

Ohne genau über unsere eigentlichen Pläne zu informieren, offiziell zur Abklärung eines TACIS-Projekts in Russland, flogen Dominik und ich im Frühjahr 1993 erstmals nach Moskau. Während dieses Flugs mit einer Swissair-Maschine waren wir ziemlich nervös, denn es waren nur fünfzehn Monate vergangen, seit am 31. Dezember 1991 die rote Sowjetfahne mit Hammer und Sichel im Kreml eingezogen und durch die alte russische Fahne (diese wurde inoffiziell während der provisorischen Regierung Russlands, also nach dem Sturz des Zaren, und bis zur Oktoberrevolution verwendet) ersetzt worden war. Russland stand vor einem enormen wirtschaftlichen, politischen und gesellschaftlichen Wandel – es gab im Moment viele Verlierer und wenige Gewinner. Niemand wusste genau, wohin die Reise in diesem riesigen Land ging.

Die russischen Zollbeamten auf dem etwas veralteten Flugplatz Sheremetyevo in der Nähe Moskaus empfanden wir mit ihren strengen Blicken, der gründlichen Kontrolle der Pässe und den noch aus der alten Sowjetunion stammenden überdimensionierten Militärhüten als Angst einflößend. Die vorherrschende Atmosphäre erinnerte mich an meinen Besuch in Ostberlin im Frühjahr 1965, als ich am Checkpoint Charlie vor ostdeutschen Soldaten meinen Pass vorzeigen musste und wie ein Verdächtiger gemustert und ausgefragt wurde. Es schien uns, als dass sich seit den Zeiten der Sowjetunion bei der Immigration und dem Zoll nicht viel geändert hatte.

Zum Glück hatte Michael Alexandrov für uns einen VIP-Service organisiert, sodass wir aus den langen Schlangen vor den Abfertigungshäuschen herausgeholt und in einen ruhigen Saal geführt wurden, wo die Zollformalitäten etwas lockerer abgewickelt wurden und wir ziemlich rasch zu unserem Gepäck kamen. Für einen VIP-Service musste man einfach genügend Rubel oder Dollars hinblättern. Es handelte sich zu dieser Zeit um 50 US-Dollar pro Person, inklusive der Chance, sich noch in aller Ruhe wichtige Persönlichkeiten in diesem gesonderten Abfertigungsraum anzusehen.

Alexandrov erwartete uns mit seinem Mitarbeiter, welcher ebenfalls für den Investmentfonds der bekannten Moskauer Alfa-Bank arbeitete. Die beiden waren mit einem eigenen Wagen und Chauffeur der Bank gekommen, da – wie sie uns erklärten – das Benützen eines der vielen Taxis viel zu gefährlich für nicht russische Passagiere sei. Auf dem Weg in die Stadt war vom späteren Bauboom noch nicht viel zu bemerken. Dafür erblickten wir am Stadtrand die vielen tristen und vorfabrizierten Wohntürme und im Zentrum der Stadt ein Verkehrschaos.

Wir bezogen unsere Zimmer im gediegenen, von einer finnischen Baugruppe geschmackvoll renovierten Hotel *Metropol*. Hier fühlten wir uns wieder wohl und sicher. Mir wurde erst jetzt bewusst, dass meine unguten Gefühle bei der Ankunft auf dem Flugplatz zu einem großen Teil darauf zurückzuführen waren, dass ich als langjähriger „Kalter Krieger" in Russland immer noch den alten kommunistischen Feind sah. Schließlich kam in meiner Zeit als Infanterist in den Manövern der rote Feind immer aus dem Osten.

Dieses Jugendstil-Hotel – eines der schönsten in Moskau – lag in unmittelbarer Nähe des Bolschoitheaters und wurde im unvergesslichen Film „Dr. Schiwago" (1965) mit Omar Sharif als Arzt und Dichter, Julie Christie und Geraldine Chaplin als Kulisse benützt. Vom Hotel aus war man in zwei bis drei Minuten nicht nur im Bolschoi, sondern in der Gegenrichtung mitten auf dem berühmten Roten Platz, wo der seit 1924 einbalsamierte Leichnam Lenins, des Begründers der Sowjetunion, in einem Mausoleum an der Mauer des Kremls aufbewahrt und ausgestellt wird. Heute amüsieren sich die „Anti-Nostalgiker" und Kritiker des ehemaligen kommunistischen Systems über die Ironie des Schicksals, dass Lenin in seinem Mausoleum ausgerechnet über den Roten Platz hinweg auf das vornehme Warenhaus „GUM" schauen muss, in dessen prunkvollen Gemäuern heute mit den teuersten Luxusartikeln ein „dekadenter, elitärer und klassenfeindlicher" Reichtum zelebriert wird, gegen den Lenin zeitlebens kämpfte.

Ein kurzer Exkurs zur Geschichte Lenins: Nach der Februarrevolution 1917 und der Absetzung des Zaren kehrten Lenin und andere prominente Kommunisten mit Unterstützung der deutschen Obersten Heeresleitung aus der Schweiz über das Gebiet des Kriegsgegners Deutschland, Schwedens und Finnlands nach Russland zurück. Sie fuhren in einem versiegelten Zug, der zu exterritorialem Gebiet erklärt worden war. Lenin stellte sich von Anfang an gegen die provisorische Regierung in Russland unter Ministerpräsident Alexander Kerenski, Mitglied der Partei der Sozialrevolutionäre. Die Partei der Bolschewiki und ihr Hauptpresseorgan, die Prawda, wurden offiziell von der Regierung Kerenski verboten. Lenin fürchtete nach diesem Schreiben die Todesstrafe und begab sich in den Untergrund. Es gelang den Bolschewiki und den neu gegründeten

Sowjets im November 1917 (nach dem in Russland noch geltenden julianischen Kalender im Oktober), die liberal-sozialistische Koalitionsregierung mit einem Sturm auf das Winterpalais in St. Petersburg, der damaligen Hauptstadt, zu stürzen (Oktoberrevolution). Kerenski flüchtete nach Frankreich ins Exil. Leo Trotzki, Lenins Vertrauter, organisierte am 25. Oktober den Aufstand, der auf wenig Gegenwehr stieß, da sich die Regierung Kerenski ohne ausreichende militärische Unterstützung in das Winterpalais zurückgezogen hatte. Die Macht wurde einem Rat von Kommissären (Sowjets) mit Lenin als Premier übertragen.

Der Tod Lenins 1924 führte zu einem erbitterten Nachfolgekampf, den schließlich Josef Stalin gegen Leo Trotzki gewann. Trotzki war der Hauptorganisator der russischen Revolution gewesen und führte die Rote Armee zum Sieg im Bürgerkrieg. Zeit seines Lebens kämpfte er erbittert gegen Stalin. 1929 wurde Trotzki aus der Sowjetunion vertrieben und gelangte über Stationen in der Türkei, Frankreich und Norwegen nach Mexiko. Die nötige Wachmannschaft stellte ihn vor große finanzielle Probleme. Schlussendlich gelang es aber einem Sowjetagenten, der sich mit Trotzkis Sekretärin verlobt hatte, ins Haus einzudringen und Trotzki mit dem berühmten Eispickel den Schädel einzuschlagen. So ließ Stalin seinen Herausforderer 1940 in Mexiko kaltblütig ermorden.

Als Tribüne über dem Mausoleum nahmen die obersten Führer der Sowjetunion, die versteinerten Mitglieder des Politbüros, stehend die jährlich stattfindende große Militärparade am 1. Mai ab. Die jeweilige Platzordnung der Mitglieder des Politbüros war richtungweisend im Hinblick auf die Machtverteilung im Kreml. Jedes Mal lief es mir kalt über den Rücken, wenn ich während des Kalten Krieges im Fernsehen diese alten bösen Männer in ihren Mänteln und Hüten sah, die mit strengen Blicken auf die unter ihnen im Paradeschritt vorbeiziehenden Truppen und die mittransportierten schweren Waffen, insbesondere die Respekt einflößenden, riesigen interkontinentalen Raketen schauten.

Bereits die Zaren im alten Russland nahmen ihre Truppenparaden auf dem Roten Platz ab. Im Kreml residierten die Moskauer Großfürsten seit dem 14. Jahrhundert, heute der Präsident von Russland. Innerhalb seiner Mauern beherbergt der Kreml neben Befestigungsanlagen eine Reihe aus verschiedenen Zeitepochen stammenden Sakral- und Profanbauten. Russlands Regierungssitz ist ein auf 40 Metern Höhe gelegenes, 28 Hektar großes Dreieck im Stadtzentrum. Der Rote Platz machte bei jedem Besuch in Moskau einen großen Eindruck auf mich. Das architektonische Zusammenspiel von Basilius-Kathedrale, Historischem Museum, Kaufhaus GUM (wurde in den sowjetischen Zeiten als Gradmesser des Warenangebots benützt) und Kremlmauer ist etwas vom Eindrücklichsten, was Moskau zu bieten hat, ist doch die ganze russische Geschichte hier auf Schritt und Tritt fühlbar. Hier begann für mich ein Umdenken: die Überwindung der durch die Sowjetunion und dem Kalten Krieg hervorgerufenen Antipathie gegen alles Russische und der Beginn einer Faszination über die „russische Seele".

Einige Zeit später trafen wir in einem Büro der bekannten Alfa-Bank mit Sitz in Moskau den Werksdirektor der im Ural gelegenen Zementfabrik Gornosavodsk, Herrn Simeon Kharif. Er leitete damals im Ural, 300 km von Perm entfernt, eine Zementfabrik. Dieser Mann hatte, wie wir bald merkten, ein gewaltiges Beziehungsnetz in der russischen Zementindustrie – und auch in der Regierung (so mit Jegor Gaidar, Wirtschaftsminister und anschließend kommissarischer Ministerpräsident) schien er gut vernetzt zu sein. Um wirkungsvoll Geschäfte machen zu können, war es wichtig, gute Beziehungen zu den Vertretern der sogenannten „Silowiki", den Militärs und den Geheimdiensten, zu haben. Wie wir mit der Zeit herausfanden, war Kharif für die Region Perm Abgeordneter im sowjetischen Parlament gewesen. Als Jude hatte er es aber schwer, große Karriere zu machen, und musste unter anderem eine Zeit lang so schwierige Positionen wie die Werksleitung in Jakutsk im tiefsten Sibirien übernehmen. Mit dem Fall des sowjetischen Regimes, der Liberalisierung und Privatisierung erhielt er plötzlich die Möglichkeit, seine Fähigkeiten zu beweisen und selbstverantwortlich unternehmerisch tätig zu werden. Als Strategie schwebten ihm Beteiligungen an einer ganzen Reihe von Zementfabriken vor. Kharif ging mit der Alfa-Bank eine Partnerschaft im Umfang einer 50-Prozent-Beteiligung ein, um mit dem Geld der Alfa-Bank im Rahmen der angelaufenen Privatisierung mehrere Zementwerke zu akquirieren. In seinem Team hatte er eine Reihe von langjährigen Weggefährten aus der Zementindustrie, die ihn beim Aufbau unterstützten.

Bei unserem ersten Kontakt hatte er sich zusammen mit dem Investmentfonds der Alfa-Bank auf den Erwerb von Vouchers aus der Zementfabrik in Gornosavodsk konzentriert, wobei dieser Fonds bereits auch kleinere Voucher-Beteiligungen an der Zementfabrik Volsk (im Gebiet Saratow an der Wolga), dem Mahlwerk Nishni Tagil und der Zementfabrik Shigulevsk (beide im Ural) gekauft hatte. Wir waren schon ziemlich beeindruckt von der weitsichtigen Strategie des Investmentfonds, verlangten aber eine Portfoliobereinigung: Aufstockung Volsk, Akquisition einer Beteiligung bei Moskau (Shurovo Cement), Akquisition des exportierenden Werkes Spassk bei Wladiwostok und Verkauf nicht strategischer Minderheiten: Nishni Tagil und Shigulevsk. Die beiden russischen Partner beabsichtigten, eine Holding zu gründen und weitere Beteiligungen an andern Zementwerken zu kaufen. Die ersten diesbezüglichen Fühler hatte Simeon Kharif bereits ausgestreckt. Uns wurde – noch etwas vage – eine Beteiligung durch eine Kapitalerhöhung an dieser Holding schmackhaft gemacht. Die durch Holderbank zu investierenden Mittel würden dann eingesetzt, um weitere Beteiligungen zu erwerben und eine wirtschaftlich starke Zementgruppe aufzubauen. Im Rahmen der angelaufenen Privatisierung der Zementgesellschaften sahen die guten Beziehungen von Kharif – kombiniert mit denjenigen der Alfa-Bank – zu hohen politischen und Geheimdienst-Stellen auf Anhieb höchst attraktiv aus, abgesehen davon, dass es sich hier für alle Parteien um politisches, wirtschaftliches und rechtliches Neuland handelte. Eines war aber klar: Sowohl die Vertreter des Alfa-Investmentfonds als auch Kharif waren wild entschlossen, diese einmalige Chance der Privatisierung zu nutzen, denn nur jetzt bot sich durch die Privatisierung ein kurzes

Zeitfenster, um die attraktiven Zementpositionen zu übernehmen. Sehr bald würde dieser Kuchen verteilt sein.

Irgendwie herrschte bei unseren Gastgebern eine Goldgräberstimmung, wie dies durch den im Jahr 1848 beginnenden Goldrausch in Kalifornien der Fall gewesen sein muss. Allerdings waren es damals vor allem die armen und arbeitslosen Einwanderer, die mit Schaufel, Pickel und einem Sieb ausgerüstet die Goldklumpen „Nuggets" suchten. In Russland waren es in der Regel gut ausgebildete und bestens mit der ehemaligen Nomenklatura vernetzte Russen, die die einmalige Chance eines aufkeimenden Kapitalismus im Rahmen der Privatisierung beim Schopf packen wollten.

Jene Goldgräberstimmung war allerdings nur im Zentrum von Moskau omnipräsent. Die rege Bautätigkeit, der zunehmende Verkehr, protzige Luxuslimousinen, die ausgelassene Stimmung in den vielen neuen, gut besuchten Restaurants und Bars, die Flut westlicher Konsumgüter, die erste schrille Werbung auf Plakaten und Leuchtschriften, all das überdeckte zunehmend den tristen kommunistischen Mief von gestern und verkündete eine glorreiche Zukunft. An keinem Ort in Russland war diese vibrierende Dynamik stärker spürbar als im Herzen Moskaus. Hier entfesselte sich die ungebändigte Energie eines erwachenden Riesen.

In dieser chaotischen Übergangszeit zwischen Kommunismus und einer noch unklaren neuen Ordnung war alles möglich. Die wirtschaftlichen Karten wurden neu verteilt. Jedermann, der clever, skrupellos und schnell genug war, konnte jetzt innert kürzester Zeit ein Vermögen anhäufen. Der damals 35-jährige Eigentümer der von ihm 1990 gegründeten Alfa-Bank (der Alfa-Investmentfonds war eine Tochterfirma), Mikhail Fridman, war ein Paradebeispiel dieser neu emporkommenden Elite, welche den alten Apparatschiks die Macht und den sozialen Status streitig machten.

Fridman war – zusammen mit Pjotr Aven – der Hauptgründer, größter Aktionär und Aufsichtsratsvorsitzender der Alfa-Gruppe (eine der mächtigsten privaten Industrie- und Finanzkonzerne in Russland). Er gilt heute als einer der einflussreichsten Wirtschaftsführer in Russland und einer der bedeutendsten russischen Oligarchen. Sein Partner – den wir später auch kennenlernten – Pjotr Aven war ein Kollege aus der Studienzeit des späteren Ministerpräsidenten Jegor Gaidar. Zu Beginn der 1990er-Jahre war Aven russischer Minister für Außenhandel, danach wurde Aven Direktor und einflussreicher Spitzenmann der Alfa-Bank, was er bis heute geblieben ist.

Die Schwächung der alten zivilen Ordnung und Institutionen schuf bisher unbekannte Freiheiten, aber auch eine unübersichtliche, verworrene Situation, welche Glücksritter unterschiedlicher Couleur auf der Suche nach dem schnellen Geld auszunutzen suchten. Für den redlichen Geschäftsmann aus der Schweiz ohne Erfahrung und Netzwerk in Russland barg dieses Umfeld zahlreiche Herausforderungen. Schlüssel für eine erfolgreiche Geschäftstätigkeit war damals und ist bis heute die Wahl des richtigen lokalen Partners. Dieser muss in Russland politisch und wirtschaftlich gut vernetzt sein, die Gepflogenheiten genau kennen, die fehlende Ordnung mit Kreativität und auch unorthodoxen Mitteln für sich zu nutzen wissen und nicht zuletzt und trotz alledem gegenüber seinem Kunden oder Partner aus dem Westen möglichst loyal sein. Nur unter solchen Voraussetzungen besteht eine Chance, sich im russischen Chaos zu behaupten und aus den sich bietenden Möglichkeiten ein erfolgreiches Geschäft zu machen. Im Nachhinein stellte sich heraus, dass wir mit Simeon Kharif und der Alfa-Bank das Glück hatten, einen solchen Partner gefunden zu haben. Ohne sie wäre es uns nicht gelungen, Beteiligungen in Russland aufzubauen und ohne Zwischenfälle das Zementgeschäft zu betreiben.

Nachdem wir den Wunsch geäußert hatten, einmal einen echten Voucher anschauen zu können, zeigten uns die Vertreter des Investmentfonds zuhinterst in den Büros des Alfa-Investmentfonds (in einem Gebäude der Alfa-Bank) einen fensterlosen kleinen Raum, welcher fast bis zur Decke mit aufgeschichteten Voucherpaketen gefüllt war. Die Vouchers waren in Päckchen von je 500 Stück in Packpapier eingewickelt. Da wir keine Ahnung hatten, wie diese Vouchers den Weg zum Alfa-Investmentfonds fanden und wie es dann im

Rahmen der Privatisierung mit diesen Vouchers weiterging, zeigte uns Michael Alexandrov einen Plan von Moskau und der unmittelbaren Umgebung, auf welchem eingetragen war, wo überall sich Sammelstellen des Alfa-Investmentfonds befanden. Dort arbeiteten die Beauftragten des Investmentfonds, die den Arbeitern und Kadern gezielt Vouchers abkauften, aber nur von potenziell interessanten Firmen. Es handelte sich dabei um eine Art von Voucher-Saugnäpfen für den Investmentfonds der Alfa-Bank. Dominik und ich verstanden erst nach einiger Zeit, wie sich diese von uns in den Verhandlungen miterlebte Privatisierung von 1992 bis 1994 im Detail abspielte, weshalb sich das übernächste Kapitel auf dieses Thema konzentriert.

Anschließend wurde uns Pjotr Aven, der zweitwichtigste Leiter der Alfa-Bank, vorgestellt. Wir konnten einige Worte mit dem schlanken und elegant angezogenen Banker wechseln. Aufgrund des gepflegten Äußeren und des guten Englischs hätte er auch Banker bei einer großen Wallstreet-Bank in New York sein können. Zufällig sahen wir dann auch sein vor der Bank parkiertes schwarzes Auto mit Blaulicht. Als ehemaliger Minister und steinreicher Mann durfte er dieses Blaulicht-Statussymbol immer noch benutzen. Den enormen Vorteil dieser Einrichtung weiß man erst zu schätzen, wenn man in einem Wagen auf den Straßen Moskaus gefahren ist. Kleinste Strecken von fünf bis zehn Kilometern können problemlos ein bis drei Stunden in Anspruch nehmen, es sei denn, man hat seine eigene Wagenkolonne mit der beliebten und viel beneideten Blaulichtanlage ausgestattet. Da gibt es freie Fahrt auf allen Straßen – so verstopft diese auch sein mögen. Wie in der Zeit der Sowjetunion stehen Polizisten in der Moskauer Innenstadt an den wichtigen Kreuzungen. Diese stoppen sofort den Verkehr, wenn eine Wagenkolonne mit Blaulicht auftaucht. An den wichtigen Ausfallstraßen hat es in der Mitte der breiten Straßen eine spezielle Fahrspur für VIPs mit Blaulicht.

In der Sowjetzeit fuhren Mitglieder des Zentralkomitees der Kommunistischen Partei und der Patriarch der orthodoxen Kirche handgefertigte SILs, englisch transkribiert ZILs (Abkürzung von Sawod imeni Lenina-Fabrik namens Lenin-Cadillac-Kopien), Minister und Mitglieder des Parteikaders eine gediegene Tschaika (Möwe), die zweitluxuriöseste Limousine. Im Volksmund wurde diese „Halbstarke" genannt. Die Mitglieder der Nomenklatura einen Grad darunter fuhren den schwarzen Wolga, der äußerlich eine gewisse Ähnlichkeit mit dem Mercedes aufwies. Die breite Masse schätzte sich schließlich glücklich, wenn sie nach jahrelanger Wartezeit endlich die Fiat-Lizenzkopie Schiguli oder den billigeren Saparochez kaufen konnte (Gisela Tobler: Russen sind anders).

Anfangs der 1990er-Jahre gab es noch viele Automarken aus der sowjetischen Zeit: Ladas, Wolgas und Schigulis, aber auch abgenützte Opel Vectras und alte Fords. Mittlerweile sucht man diese Autos fast vergebens. Gepanzerte Audi A8, Mercedes der S-Klasse, 7er BMW und eine Heerschar an dunklen Begleit-SUV charakterisieren das Straßenbild. Dann und wann kreuzt sogar ein vornehmer Maybach auf.

Voucher (Anteilschein)

Der Untergang der Sowjetunion 1991

Die Krise in der Sowjetunion nahm im Verlauf des Jahres 1991 ein immer größeres Ausmaß an: Die Versorgungslage zeigte immer verheerendere Folgen, es fehlte an notwendigen Lebensmitteln und in den Kohlerevieren brachen große Streikwellen aus, die den Niedergang der Sowjetunion beschleunigten. Außerdem mündeten die Nationalitätskonflikte im Kaukasus in einen offenen Krieg. Es lohnt sich, an dieser Stelle einen vertiefenden Rückblick auf dieses schicksalhafte Jahr zu werfen. Die Deutsche Welle schrieb am 17.08.2011 in „Wie die Sowjetunion vor 20 Jahren unterging" unter anderem: Im August 1991 putschten kommunistische Hardliner gegen den sowjetischen Reformer Michail Gorbatschow. Sie wollten den Zerfall der UdSSR verhindern, erreichten aber das Gegenteil.

Es geht um alles oder nichts. 1991 befindet sich die Sowjetunion im freien Fall. Die Industrieproduktion sinkt, die Arbeitslosigkeit steigt und eine galoppierende Inflation frisst die Ersparnisse der Bürger auf. Ethnische Konflikte brechen aus, in Georgien und Aserbaidschan wird geschossen. Litauen ruft als erste Sowjetrepublik 1990 die Unabhängigkeit aus. Im Januar schickt Moskau ein KGB-Sonderkommando (ALFA) nach Vilnius. Vierzehn Menschen sterben bei der Erstürmung des Fernsehturms in der litauischen Hauptstadt. Doch es gelingt nicht, Litauen zurück ins Sowjetreich zu holen. Präsident Michail Gorbatschow verliert zunehmend die Kontrolle über sein Land.

Im März 1991 hält Gorbatschow ein Referendum ab. Nach offiziellen Angaben sprachen sich mehr als 70 Prozent für den Erhalt der Sowjetunion als einer erneuerten Föderation souveräner Republiken mit gleichen Rechten aus. Die Verhandlungen in Gorbatschows Residenz in der Nähe von Moskau gestalten sich schwierig, nur neun von insgesamt fünfzehn Sowjetrepubliken nehmen daran teil. Nach einigen Verhandlungen stimmen die Republiken einem neuen Unionsvertrag zu, der sie zu unabhängigen Republiken in einer Föderation mit einem gemeinsamen Präsidenten, gemeinsamer Außenpolitik und gemeinsamem Militär machen sollte. Die Unterzeichnung ist für den 20. August 1991 geplant. Doch dazu kam es nicht. Einen Tag vor dem Termin, am 19. August 1991, bildete eine Gruppe sowjetischer Hardliner (darunter der Verteidigungsminister, der Innenminister sowie der Chef des Geheimdienstes KGB) ein „Notstandskomitee". Es waren alles Mitglieder einer konservativen Junta des reaktionären Flügels der KPdSU. Sie organisierten einen Putsch, setzten den Staatspräsidenten ab und versuchten die Kontrolle über das Land zu erhalten. Die Putschisten verkündeten in einem im Radio verbreiteten Communiqué der staatlichen Nachrichtenagentur TASS, dass Gorbatschow erkrankt sei und daher von seinen politischen Ämtern befreit wurde. In Wirklichkeit wird Gorbatschow mit seiner Familie in dessen Urlaubsresidenz in Foros auf der Krim am 18. August 1991 eingesperrt und alle Verbindungen zur Außenwelt werden gekappt, nachdem er seine Zustimmung zur Verhängung des Notstandes und die Übertragung seiner Vollmachten an den Vizepräsidenten verweigerte. In der Sowjetunion wird nun der Notstand ausgerufen.

Ein geplanter Angriff auf das Regierungsgebäude durch ALFA, die militärische Spezialeinheit des KGB, scheiterte, als die Mitglieder der Spezialeinheit einstimmig den Befehl verweigerten.

Doch der August 1991 ist die Sternstunde von Boris Jelzin, der sich als Gegner der Kommunisten profiliert. Zehntausende Menschen versammeln sich neben seinem Amtssitz in Moskau, dem Weißen Haus, um gegen den Putsch zu demonstrieren. Zwei Militäreinheiten der Putschisten wechseln die Seiten und fahren zur Verteidigung des Regierungssitzes zum Weißen Haus, die Waffen nach außen gerichtet. Als Jelzin dies hört, verlässt er das Regierungsgebäude und klettert auf einen Panzer hinauf. Stehend auf einem Panzer, verurteilt er den Umsturzversuch wirkungsvoll. Nach drei Tagen scheitert der Putsch endgültig, die Putschisten werden festgenommen und Jelzin verbietet die Kommunistische Partei. Gorbatschow kehrt nach

Moskau zurück, tritt aber als Generalsekretär der KPdSU zurück, bleibt jedoch weiterhin Präsident der Sowjetunion.

Nach dem Putsch zerfiel die Sowjetunion endgültig. Nicht russische bisherige Teilrepubliken erklärten eine nach der andern ihre Unabhängigkeit von der UdSSR. Der politisch erstarkte Jelzin übernahm die Kontrolle über die Medien und die Schlüsselministerien. Die Präsidenten Russlands, der Ukraine und von Belarus unterschrieben am 8. Dezember in Minsk ein Dokument, das die Auflösung der Sowjetunion erklärte und sie durch die „Gemeinschaft unabhängiger Staaten" (GUS) ersetzte. Jelzin informierte in einem Telefongespräch den US-Präsidenten George Bush und der weißrussische Präsident Schuschkewitsch setzte sich mit Michail Gorbatschow, dem Präsidenten der Sowjetunion, in Verbindung. Dieser reagierte schroff, sprach von einem Staatsstreich und bezeichnete Jelzin als Verräter. Er vermochte jedoch die Sowjetunion nicht mehr zu retten. Am 21. Dezember bekräftigten Vertreter der elf Sowjetrepubliken im Protokoll von Alma-Ata (Kasachstan) das Ende der Sowjetunion. Alle Republiken außer den drei baltischen Ländern und Georgien traten der GUS bei (NZZ vom 8.12.2011). Schrittweise demontierte und entmachtete Jelzin Gorbatschow, der am 25. Dezember 1991 als ranghöchster Funktionsträger der bisherigen Supermacht zurücktrat. Am 26. Dezember 1991 beschloss das sowjetische Parlament die wirksame Auflösung der Sowjetunion. Es blieben die nunmehr fünfzehn souveränen Staaten der Union. Die Rechtsnachfolge der UdSSR übernahm – unter Jelzins Führung – die russische Föderation. Die Sowjetunion war endgültig zerfallen, ein Imperium, vor dem die halbe Welt gezittert hatte. Am 31. Dezember 1991 wurde die rote Fahne mit Sichel und Hammer, welche seit 1918 auf dem Kreml geweht hatte, für immer eingezogen.

Die Privatisierung von 1992 bis 1994 (Vouchers und Auktionen)

In dieser Privatisierungsrunde ging es um Vouchers und Auktionen. Die jungen Reformer der Regierung waren der Auffassung, dass jeder private Eigentümer von russischen Anlagen diese effizienter führen würde als der Staat und dass die neuen privaten Eigentümer die notwendigen gesetzlichen Grundlagen zum Schutz ihrer Investitionen verlangen würden. Die privaten Eigentümer würden den Wert ihrer Firmen erhöhen, indem sie Profite anstrebten, mit anderen Unternehmen konkurrieren und dadurch die gesamte Wirtschaft zu erhöhtem Wachstum führen würden. In dieser Phase der Privatisierung wurden die wertvollsten öffentlichen Gesellschaften – Gas-, Öl- und Mineralvorkommen – vom Prozess der Massenprivatisierung ausgeschlossen.

Jedem russischen Bürger wurde ein „Voucher" (Anteilschein) offeriert. Dieser konnte in Aktien einer privaten Firma getauscht, in einen Voucher-Fonds investiert oder für „Cash" verkauft werden. Der direkte Tausch in Aktien sollte an einer Voucher-Auktion vorgenommen werden, an der die Besitzer der Vouchers für Aktien mitbieten konnten. Im Dezember 1992, beginnend mit der Bolschewik-Biskuit-Gesellschaft, fing die russische Regierung an, Aktien von staatlichen Gesellschaften an Auktionen anzubieten. Die Reformer erreichten ihr Ziel, in einem raschen Prozess eine große Anzahl von Staatsunternehmen zu privatisieren. Zwischen Januar 1992 und Juni 1994 überließ die Regierung 16 500 Firmen dem freien Wettbewerb, wobei 41 Millionen Russen Aktien besaßen, entweder direkt oder über einen Voucher-Investmentfonds. Aufgrund der hohen Geschwindigkeit des Privatisierungsprozesses verstanden viele Bürger nicht genau, um was es ging, und konnten nicht genügend davon profitieren. Dazu kam, dass Auktionen über das ganze Land stattfanden und manche unzureichend bekannt gemacht wurden. Anatoli Tschubais, der für mehrere Phasen der Privatisierung verantwortlich war, bemerkte über die aufkommende Geschäftselite Folgendes:

„They steal and steal and steal. They are stealing absolutely everything, and it is impossible to stop them. But let them steal and take their property. They will then become owners and decent administrators of this property."

Die völlig anders geartete Privatisierung von 1995 bis 1997 (eine Art stille Privatisierung), auf Englisch „Pledge Auctions" genannt, wird an anderer Stelle noch beschrieben werden.

Andreas Born hat die Privatisierung von 1992 bis 1994 in einem Netstudien-Projekt mit dem Titel: „Russland – Oligarchen: Privatisierungen – Vouchers – Anteilscheine", leicht verständlich dargestellt:

„Als Anatoli B. Tschubais die Verantwortung des ‚State Committee on the Management of State Property (GKI)' im Oktober 1991 erhielt, war die Privatisierung der staatlichen russischen Firmen zuoberst auf der Reformagenda. Die Liberalisierung der Preise und die Kontrolle des Budgets waren Topprioritäten von Russland. Es wurde aber von Politikern und in der Öffentlichkeit diskutiert, ob überhaupt privatisiert werden sollte und nicht zuerst makroökonomische Probleme gelöst werden sollten.

Anfangs 1992 initiierten die führenden Reformer Jegor Gaidar und Anatoli Tschubais eine sogenannte Schocktherapie für die angeschlagene Wirtschaft. Mit einer Liberalisierung der Preise bei gleichzeitiger Einführung von Privateigentum wollten sie die Versorgungsengpässe in Russlands Wirtschaft beseitigen. Gegen den Widerstand der alten sowjetischen Manager wollten sie die maroden Staatsunternehmen privatisieren und einen dynamischen Kreislauf in Gang setzen. Dies sollte dem Kommunismus einen endgültigen Schlag versetzen.

Moderne, westlich ausgebildete Manager waren Mangelware, sodass die Reformer auf eine Mitarbeit der alten Manager angewiesen waren. Ein probates

Mittel dafür war die Voucher-Privatisierung. Die Staatsunternehmen wurden in Privatgesellschaften umgewandelt und die Anteile wurden zum Teil an die Mitarbeiter und vor allen Dingen an die alten Manager verteilt. Damit war der Widerstand gegen die Privatisierung gebrochen.

Tschubais wollte ursprünglich 40 Prozent der Anteile an einer Firma an die Arbeiter und Direktoren abgeben, doch die Lobby der Direktoren – besonders Arkady Wolkski – konnte die Quote auf 51 Prozent heraufsetzen. Studien ergaben, dass de facto im Schnitt 60 bis 65 Prozent der Anteile an das Management gingen. 20 Prozent erwarben andere Einzelpersonen und die Voucher-Fonds. Der Rest blieb in staatlicher Hand.

Am 1.10.1992 startete die Ausgabe der 148 Millionen Vouchers, zum Nennwert von 10 000 Rubel (ca. 30 Euro). Jeder Bürger hatte die Möglichkeit, Vouchers zu erwerben. Die gute Idee, Staatseigentum möglichst breit unter die Bevölkerung zu verteilen, wurde jedoch durch die schlechte Wirtschaftssituation zunichtegemacht.

Die meisten Bürger konnten die sprunghaft steigenden Preise (Hyperinflation) für die Güter des täglichen Lebens kaum mehr aufbringen. Es ist daher nicht verwunderlich, dass viele Bürger ihre Vouchers versilberten, mit dem Effekt, dass der Preis für die Vouchers abstürzte.

Der Großteil der Vouchers wurde auf dem Schwarzmarkt verkauft oder in sogenannte Voucher-Fonds eingebracht, die oftmals in betrügerischer Absicht gegründet wurden. Die Anleger blieben dann auf ihren Fonds-Anteilscheinen sitzen.

Viele Voucher-Fonds entpuppten sich auch als getarnte Fonds, mit denen Firmen ihre eigenen Aktien kauften. 99 Voucher-Fonds verschwanden einfach mit ihren Geldern von der Bildfläche.

Die großen Gewinner waren die Roten Direktoren (die alten Manager) oder die Mitglieder der Nomenklatura der alten Sowjetelite. Die Manager der Staatskonzerne verschoben oft im großen Stile Firmengelder auf ihnen gehörende Tochterfirmen, mit deren Geldern sie dann die Anteilscheine ihres Konzerns aufkauften.

Eine weitere finanzstarke Gruppe waren die Schwarzmarktunternehmer und Kriminellen, die ihr Vermögen in Vouchers anlegten und den Grundstein für ein legales Imperium legen konnten. Auch die Pionierunternehmer der Frühzeit, die Kooperativengründer und die umtriebigen Händler und Broker, verfügten über hohe Geldbestände, mit denen sie günstig bei Staatsfirmen einsteigen konnten.

Die Vouchers wurden zu sehr geringen Verkaufspreisen unters Volk gebracht. Insgesamt waren alle Vouchers nur circa 12 Milliarden USD wert und damit sollten die meisten Staatsunternehmen in Russland privatisiert werden. Bei Auktionen konnten die Vouchers dann gegen Aktien eingelöst werden. Da Ausländer nicht mitbieten durften, waren die Auktionserlöse zum Teil grotesk niedrig:

Der Gesamtmonopolist Gazprom mit riesigen Erdgasreserven wurde teilprivatisiert und die Kontrolle ging für ganze 22,8 Millionen USD in die Hände der alten Manager über.
Die riesigen Autowerke ZIL mit 100 000 Arbeitern wurden für 16 Millionen USD privatisiert und die Wolga-Autowerke für 27 Millionen USD.
Der führende Maschinenbaukonzern Uralmash kostete den späteren Oligarchen Bendukids sogar nur 4 Millionen USD.

Die Vouchers spielten aber auch eine politische Rolle. Im Rückblick musste selbst der damalige Vizepräsident und Vater der Vouchers, Anatoli Tschubais, eingestehen, dass die Voucher-Privatisierung nicht zur erhofften, breiten Verteilung der Staatsunternehmen in der Bevölkerung führte und für die einfachen Bürger keine nennenswerten Vermögenswerte einbrachte. Das eigentliche Ziel war jedoch nicht ökonomischer Natur, sondern hatte einen politischen Hintergrund. Durch die Privatisierung sollten die Arbeiter Anteile am eigenen Unternehmen erwerben und damit einen Anreiz erhalten. Die Anteilscheine sollten einen unblutigen Übergang vom Kommunismus zum Kapitalismus fördern und waren gedacht als Kampfmittel gegen die Kommunistische Partei."

Bereits im September 1993 waren mehr als 20 Prozent der russischen Industriearbeiter von privaten Firmen angestellt. Es wird geschätzt, dass mehr als 60 Prozent der russischen Bevölkerung die Privatisierung und Tschubais unterstützen; dieser wurde durch den Privatisierungsprozess – auch Schocktherapie genannt – einer der bekannten Politiker.

Der russische Kongress der Volksdeputierten erteilte Jelzin die Ermächtigung, die Administration der russischen Republik von November 1991 bis Dezember 1993 zu reformieren. Am 19. August 1991 startete Präsident Boris Jelzin das Privatisierungsprogramm mit einem Dekret. Er konnte während dieser Zeit aufgrund des Dekrets wirtschaftliche Reformen durchführen und alle Minister ohne parlamentarische Genehmigung ernennen. Jelzin nahm diese Gelegenheit wahr und erklärte öffentlich, dass der Übergang für die Bürger mühsam sein werde, aber nur kurze Zeit dauern werde. Den Reformprozess übergab er jedoch nicht Politikern, sondern – wie er es selber nannte – „Professionals". Im Vordergrund der „jungen Reformer" standen – wie bereits ausgeführt – Anatoli Tschubais, der als Privatisierungsminister hartnäckiges Engagement zeigte, und Jegor Gaidar, der intellektuelle Kopf der Gruppe. Eine wichtige Rolle im Privatisierungsprozess spielte auch Alfred Kokh. Es handelte sich dabei um professionelle Ökonomen, die alle unter vierzig Jahre alt waren. Einige Russen kritisierten, dass es sich bei diesen jungen Reformern zur Einführung der Marktwirtschaft um politisch unerfahrene Leute handle. Der Vizepräsident der Republik, Alexander Rutskoi, zum Beispiel bezeichnete sie als „small boys in pink shorts and yellow boots".

Die Reformer planten von allem Anfang an, die Preiskontrollen abzuschaffen, da drei Viertel der Preise immer noch vom Staat kontrolliert waren. Ferner hatten sie im Sinn, die Importe zu liberalisieren, das Steuersystem neu zu gestalten, die Makroökonomie zu stabilisieren, das Budgetdefizit zu eliminieren und die Privatisierung der Mehrheit der staatlichen Firmen voranzutreiben. Verschiedene Eigenschaften dieser Vorgehensweise – wie zum Beispiel die Geschwindigkeit – führten dazu, dass dies als „Schocktherapie" bekannt wurde, ähnlich wie das Vorgehen in Polen.

Ursprünglich beabsichtigte Tschubais eine schnelle Privatisierung, wobei er an Geld an den Staat für die privatisierten Firmen dachte. Dieses Modell war jedoch für den Kongress der Volksdeputierten nicht akzeptabel, sodass die Voucher-Privatisierung am 11. Juni 1991 als Kompromiss vom Obersten Sowjet von Russland angenommen wurde.

Mithilfe des „International Monetary Funds" (IMF) implementierte das Reform-Team ihre Liberalisierungs- und Stabilitätspläne. Die Regierung hob bereits am 2. Januar 1992 die Preiskontrolle für die meisten Waren auf. Während der ersten Monate im Jahr 1992 hatten die Reformer einigen Erfolg. Im April 1992 opponierten jedoch mächtige politische (die Hälfte des Parlaments) und wirtschaftliche Kräfte gegen die „tight monetary and fiscal policies", die die Regierung ergriffen hatte, um die Inflation zu bekämpfen. Die einsetzende starke Geldentwertung war für die Bevölkerung infolge der Anpassung der Preise auf eine marktgerechte Höhe zu einem heiklen politischen Problem geworden. In der Folge wurden die von den Reformern verpassten Maßnahmen zur Inflationsbekämpfung wieder gelockert. Die russische Zentralbank machte die Reformbestrebungen noch schwieriger, indem sie eine liberale Kreditpolitik für die Unternehmen einführte. Im Juni 1992 nominierte Präsident Jelzin Viktor Geraschenko zum Chairman der Zentralbank. Auch Geraschenko offerierte großzügig Kredite an die sich in Schwierigkeiten befindlichen russischen Unternehmen. Dadurch war es nicht mehr möglich, die Inflation in den Griff zu bekommen.

Erst im Juli 1995 fiel die Inflation unter 5 %, ein Niveau, das bis zur Finanzkrise vom August 1998 gehalten werden konnte.

Jelzin ernannte 1996 Anatoli Tschubais nach den beiden Privatisierungsrunden zum Stabschef, eine Schlüsselstellung in der Moskauer Machtstruktur. Des Weiteren beförderte der Staatschef ihn 1997 zum Vizepremier (1997–1998) unter Viktor Tschernomyrdin. Nach seinem Rückzug aus der Politik wurde Tschubais Präsident des staatlichen Energiekonzerns United Energy System (1998–2008), einer der mächtigsten Konzerne Russlands. Dieses Unternehmen produzierte 70 Prozent der Elektrizität von Russland mit 470 000 Mitarbeitern. In einem Interview 2007 mit der Zeitschrift SPIEGEL erklärte Tschubais, dass viele rechtliche und technische Fehler bei der Privatisierung gemacht worden seien. Dabei dürfe nicht vergessen werden, dass damals das Wichtigste gewesen sei, dass die Privatisierung überhaupt zustande kam. Man dürfe ferner auch nicht vergessen, dass während der Sowjetzeit privater Besitz ein Verbrechen gewesen sei, das mit fünf Jahren Gefängnis bestraft wurde. Heute seien 60 Prozent der Wirtschaft privat und dies sei die Basis für Wachstum. Was sie getan hätten, sei nicht ideal gewesen, sie hätten aber eine größere Katastrophe vermieden und es habe keinen Bürgerkrieg gegeben.

In einem Interview mit der „novayagazeta" vom 4.4.2011 erklärte Viktor Gerashenko, der ehemalige Leiter der Zentralbank, unter anderem: „Russia's ‚independence' began as mass robbing of savings from the population. In that situation I managed to insist on an urgent meeting with Gorbachov's office and explained the absurdness of the Yeltsin's idea. Gorbachov had to agree and I ordered to re-write the law! So we put off the great robbery of people and collapse for one year. And I got someone hurt and was fired after the putsch of 19 August 1991 against Gorbachov.

Though, one year later I was invited back. In August 1992 that time the Head of the Central Bank failed to prepare a competent annual report of the Central Bank for 1991. So Boris Yeltsin just fired him. And I and my assistant had to restrain the frenzied inflation of 2100 % created by the tricks of people who called themselves ‚reformers'.

The ‚reformers' did not want to understand that it was not possible to cancel the deposits in saving banks but to index them after the first quarter of 1992 and not humilate and rob their own people.

Next time I got fired when they realized that traditional trick of Berezovky didn't work with me and my assistants. Berezovky likes to write with big figures one million dollars on a sheet of paper when he enters someone's office. And when the official develops grasp reflex, it's easy to tell him what do."

Zum zweiten Mal in Moskau (September 1993)

Ende September 1993 flogen Dominik und ich wieder nach Moskau und führten Verhandlungen mit den zuständigen Leuten der Alfa-Bank. Wir hatten uns auf diese Besprechung gründlich vorbereitet und uns inzwischen mit dem zuständigen Konzernleitungsmitglied, Andreas (Tres) Pestalozzi, bereits abgesprochen. Dank der ersten Reise wussten wir aufgrund der verschiedenen Gespräche mit Vertretern des Investmentfonds, was die Absicht der angestrebten Zusammenarbeit mit Holderbank war. Als Vorbereitung auf die zweiten Verhandlungen hatte Dominik drei große Karten mit den Ländern der ehemaligen Sowjetunion gekauft und in zäher Kleinarbeit sämtliche Zementfabriken in dieser großen Weltgegend eruiert und deren Standorte auf drei Karten mit runden Klebepunkten versehen. Dabei hatte er gleichzeitig Angaben über Kapazität, Prozessverfahren und so weiter erstellt. Diese gründlichen Vorbereitungen kamen uns bei den erneuten Verhandlungen sehr zugute. Wir trafen uns an verschiedenen Orten, unter anderem auch wieder mit Herrn Kharif. Mittlerweile hatte jener bereits zwei Mitarbeiter und eine hübsche Sekretärin angestellt und sich in stattlichen Büros an der zentralen Nowyi Arbat-Straße (in der Chruschtschow-Ära verschandelte Architektur) in Moskau eingerichtet. Es war damit unübersehbar geworden, dass der Alfa-Investmentfonds Kharif als Mittel- und Sammelpunkt für dessen Zementbeteiligungen auserkoren hatte. Dank S. Kharif besaß der Alfa-Fonds in kürzester Zeit Vouchers nicht nur von Gornosavodsk, sondern von vielen anderen Zementfabriken. Somit wurde uns auch klar, dass wir jetzt möglichst schnell das zuständige Konzernleitungsmitglied überzeugen mussten, in Moskau ernsthafte Verhandlungen aufzunehmen, da andernfalls unsere Konkurrenz zum Zuge kommen würde. Dies war aber kein einfaches Unterfangen, weil in der Schweiz noch fast niemand an eine einigermaßen positive Entwicklung von Russland glaubte. Ulrich Schmid, der Korrespondent der einflussreichen „Neuen Zürcher Zeitung" (von 1991 bis 1995), sprach meistens nur von den politischen Machtkämpfen in der Regierung auf höchster Ebene und der überall präsenten Mafia, sodass sich zu dieser Zeit nur wenige schweizerische Konzernleitungen für Investitionen in Russland erwärmen konnten. Das für Europa, und damit auch für Russland, zuständige Konzernleitungsmitglied Andreas (Tres) Pestalozzi war an sich auch sehr skeptisch, aber gewillt, unsere Argumente anzuhören und vor allem gelegentlich mit nach Russland zu kommen, um sich persönlich ein Bild über die ziemlich komplexe, aber vermutlich zukunftsträchtige Möglichkeit zu machen, mit nur wenig Geld zu vielen Beteiligungen an bedeutenden Zementfabriken zu kommen.

Kharif und die Vertreter des Alfa-Investmentfonds fühlten sich bei jedem weiteren Besuch selbstsicherer und konnten ihre Visionen für westliche Geschäftsleute schon gut verkaufen und mit Zahlen unterlegen. Um uns ein differenziertes Bild über die Risiken und Chancen von Geschäften in Russland zu machen, begannen wir, unabhängige Kontakte zu knüpfen und Gespräche mit Leuten zu führen, die bereits Russlanderfahrung besaßen, wie zum Beispiel mit leitenden Mitarbeitern der Firma ABB, der Schindler oder der Credit Suisse. Besonders interessant und hilfreich war das Gespräch mit dem Schweizer Russlandveteranen Dr. Karl Eckstein. Dieser hatte in Basel die Rechte studiert und war seit 1982 in Moskau tätig, seit 1986 als Inhaber einer Rechts- und Unternehmensberatungsfirma, die westeuropäische Firmen bei deren Tätigkeit in Russland unterstützt und berät. Wie gut er in Russland bereits integriert war, wurde uns klar, als er uns seine neuen Büros zeigte, in die er damals umzuziehen plante. Mitten in Moskau auf dem Gelände des Güterbahnhofs gibt es einen geheimen Regierungsbahnhof, den Breschnew bauen ließ. Er ist zwar voll funktionsfähig, wurde aber nie genutzt und ist auf keinem Stadtplan eingezeichnet. Im Trubel des Umbruchs ging dieser Bahnhof offenbar vergessen, denn keine Behörde kümmerte sich mehr darum. Eckstein nützte diese Gelegenheit und sicherte sich den ganzen Komplex in bester Lage mitten in Moskau mit seinen imposanten Sälen und Räumen als neues Büro.

Stolz führte er uns durch die Räume und erklärte, wie er sich einzurichten gedenke. Mit den Angestellten des Bahnhofs vollzog er einen Deal für die Miete dieses Objekts. Das Ganze war natürlich nicht offiziell. Wenn sich aber die Behörden schon gar nicht darum kümmerten, war es für alle direkt Beteiligten doch eine Winwin-Situation, wenn der Bahnhof genutzt wurde, statt brach vor sich hin zu „bröckeln".

Eckstein führte uns damit eindrücklich vor, wie man in Russland Geschäfte macht. Mit viel Kreativität und zupackender Entschlossenheit bieten sich vor dem Hintergrund der geschwächten Strukturen ungeahnte Möglichkeiten für den, der sie sieht und zu nutzen weiß. Weil die Institutionen zum Teil nicht mehr oder nur sehr eingeschränkt funktionieren, ist man oft geradezu gezwungen, auf eigene Faust zu handeln. Ein solches Machtvakuum bietet natürlich den perfekten Nährboden für Parallelstrukturen wie die der Mafia. Eckstein weist darauf hin, dass die Mafia trotz der Gewalt und des Terrors, den sie ausübt, auch Aufgaben wahrnimmt, wo die Behörden versagen. So wenn man zum Beispiel Schutzgeld bezahlen muss und einem das Auto geklaut wird, dann geht man nicht zur Polizei, sondern zur Mafia. Offenbar kümmerten diese sich dann tatsächlich auch darum, den Wagen wiederzufinden. Die Mafia würde dem einfachen Bürger also nicht nur Geld abpressen, sondern dafür auch echte Dienstleistungen erbringen. Solche Beispiele führen uns vor, dass wir es mit Schweizer Geschäftsgepflogenheiten hier nicht weiter bringen würden und eine längere Lernphase durchmachen müssten, um uns mit den unorthodoxen Methoden in Russland vertraut zu machen. Einfacher und effektiver ist da schon der von uns gewählte Weg über eine Zusammenarbeit mit lokal vertrauten Partnern.

Die Aufzugsfirma Schindler wählte hier einen anderen Weg, indem sie in Moskau einen Italiener als Geschäftsführer einsetzte, in der Überzeugung, dass ein Italiener aus seiner eigenen Heimat mit schwierigen Verhältnissen (Mafia, schwache Zivilordnung) vertraut war und deshalb mit den Zuständen in Russland besser umzugehen wusste als ein geradliniger Schweizer. Mit den neu geknüpften

Kontakten in Moskau beabsichtigten wir, auch vor Ort Spezialisten zu finden, die uns bei der Strukturierung und Umsetzung eines Investments unterstützen konnten. So entschieden wir uns, mit der US-Anwaltsfirma Chadbourne & Park zusammenzuarbeiten, die bereits seit ein paar Jahren in Moskau mit einem eleganten Büro präsent war. Robert Langer, ein Amerikaner mit einer russischen Frau, der inzwischen fließend Russisch sprach, leitete das Büro und betreute unser Projekt. Viele und lange Verhandlungen mit der Alfa-Bank und dem Team von Kharif fanden bei Chadbourne & Park statt, anfänglich um die Grundstruktur des Holderbank-Investments in eine Absichtserklärung zu fassen, später um die Beteiligungsverträge auszuarbeiten. Robert erwies sich dabei als eine große Stütze. Neben seiner juristischen Beratung halfen seine Kenntnisse und Erfahrungen sowohl mit der westlichen wie auch der russischen Kultur, dieses Land mit seinem Geschäftsgebaren und Rechtssystem besser zu verstehen.

Erwähnenswert ist ebenfalls, dass die Auditing-Firma Arthur Andersen einen IAS-Finanzbericht über alle Beteiligungen erstellte.

Langsam kannten wir uns in Moskau ziemlich gut aus und fingen an, uns irgendwie heimisch zu fühlen und unsere Vorurteile über Russland abzustreifen. Neben all den Risiken, Unsicherheiten und Schwierigkeiten in der russischen Wirtschaft, wie sie die NZZ sehr einseitig in ihren Berichten malte, begannen wir auch die positiven Entwicklungen, die zahlreichen Erfolgsgeschichten und das immense Potenzial zu sehen. Damit reifte in uns die Überzeugung, dass sich hier eine einmalige Chance bot, deren Möglichkeiten die Risiken für einen langfristigen Investor wie die Holderbank bei Weitem überwogen. Die herrschende Aufbruchstimmung beflügelte uns immer von Neuem zu großen Entwürfen für die Holderbank (ab 2002 Holcim genannt), und wir waren entschlossen, die einmalige und vermutlich nie wiederkehrende Gelegenheit zu nutzen, mit wenig Geld, aber viel Risiko zu sehr bedeutenden Zementbeteiligungen zu kommen. Im Nachhinein sollte sich diese Einschätzung bewahrheiten, hat sich doch der frühe russische Zementmarkt hervorragend entwickelt und Holcim in der Folge bewogen, große

Summen in die Modernisierung und Erweiterung der damals erworbenen Werke – insbesondere in Shurovo – zu investieren.

Ungefähr zehn Minuten vom Hotel *Metropol* entfernt entdeckte ich in einer Seitenstraße einen unscheinbaren Laden, welcher eine relativ schmale Öffnung für den Verkauf direkt auf den Gehsteig hatte und der unter anderem auch russischen Kaviar verkaufte. Die bläulichen schmalen Büchsen mit dem köstlichen Inhalt – nicht viel größer als eine gewöhnliche Schuhcremedose – kosteten nicht mehr als zwölf US-Dollar. Diesem Verkaufsladen blieb ich bei den vielen späteren Besuchen in Moskau treu, freuten sich doch meine Frau und ich bei der jeweiligen Ankunft in der Schweiz auf ein spezielles Nachtessen mit Brot, Butter, Kaviar und Champagner. Beim Kaviar-Kauf musste man immer höllisch aufpassen, dass man nicht übers Ohr gehauen wurde. Es gab viele dubiose Händler, welche die Büchsen und Gläser mit einer undefinierbaren Masse füllten und nur zuoberst eine Schicht Kaviar darauf packten, um so die Käufer zu täuschen.

Bei meinem zweiten Einkauf im besagten Laden hatte ich die Idee, nicht auf dem gleichen Weg zurück ins Hotel zu marschieren, sondern in umgekehrter Richtung meinen Abendspaziergang zu verlängern. Dabei kam ich auf den weitläufigen und gesichtslosen Lubjanka-Platz. Hier herrschte einstmals der KGB in seiner Zentrale, zu dem auch eines der meistgefürchteten Gefängnisse des Landes, die Lubjanka, gehörte. Ilja Ehrenburg, der russisch-jüdische Schriftsteller und Publizist, der die Soldaten der Roten Armee systematisch gegen alles Deutsche aufhetzte, erzählt hinsichtlich des KGB zu Recht, dass man selbst im Sommer das Frösteln bekomme, wenn man an der Lubjanka vorbeigehe. Während der stalinistischen Terrorherrschaft, aber auch noch später unter Breschnew, galt die Lubjanka als erste Station zum Abtransport nach Sibirien. Bei mir kamen automatisch die alten Angstreflexe aus der Zeit des Kalten Krieges zum Vorschein.

Das Frühstück nahmen wir jeweils im stilvollen Saal des mit einer großen Kuppel aus Glas im Jugendstil gebauten Hotels *Metropol* ein.

Eine attraktive Russin mit langen blonden Haaren spielte dabei auf einer Harfe schöne Weisen, was in diesem Saal mit der farbigen Glaskuppel aus der „Belle Époque" wunderschön klang und den Zuhörer in eine friedliche Stimmung versetzte. Beim Lesen der englischsprachigen Zeitung von Moskau verging uns dann mitunter die durch den vorzüglichen Service und die romantische Atmosphäre geprägte gute Laune. Man konnte in der in Moskau herausgegebenen englischsprachigen Tageszeitung ständig von den Machtkämpfen in der Regierung und von Schrecken einjagenden Geschichten der gefährlichen Mafia lesen. So erfuhren wir zum Beispiel einmal beim Frühstück, dass ein mafioser Geschäftsmann trotz fünf Bodyguards erschossen wurde. Wie war das möglich? Als er eine Treppe zur Metro mit seinen dunkel gekleideten, breitschultrigen und bewaffneten Bodyguards hinunterstieg, wurde er von einem angeheuerten Schützen von zuoberst durch den Kopf erschossen. In einer solchen Situation nützten Bodyguards gar nichts, im Gegenteil, der Auftraggeber (der sich Schützende) fiel nur auf. Damals herrschte in Moskau für viele Leute große Not, sodass allgemein bekannt war, dass ein Auftragskiller bereits für 100 US-Dollar angeheuert werden konnte. Der Schwarzmarkt blühte. Die Menschen der älteren Generation waren die großen Verlierer des Übergangs vom Kommunismus zum Kapitalismus. Ihre Sparguthaben und Pensionen waren infolge der rasanten Geldentwertung plötzlich fast nichts mehr wert. Deshalb sehnten sich verständlicherweise viele Russen an die diesbezüglich sicheren Zeiten unter der kommunistischen Herrschaft zurück.

Bei unseren diversen Besprechungen in verschiedenen Stadtteilen mussten wir mehrmals Umwege wegen der rund ums russische Parlament (Weiße Haus) in Moskau aufgestellten militärischen Camions und dazugehörenden kleineren Truppenverbänden machen. Wir fragten unsere russischen Begleiter, was hier eigentlich los sei. Es schien uns, als ob sich eine neue und für Nichtrussen eher undurchsichtige und ungemütliche Situation anbahnen würde. Die uns begleitenden Vertreter der Alfa-Investmentfonds beruhigten und versicherten uns, es sei gar nichts zu befürchten – und tatsächlich schien das Leben in Moskau seinen normalen Verlauf zu nehmen. Den Abend verbrachten wir mit einem guten Essen und einer Flasche mit rotem kalifornischen Wein, Marke Woodbridge (by Robert Mondavi), in unserem Lieblingsrestaurant *Teatro* im gewölbten Keller des Hotels *Metropol*. Hier war immer tolle moderne Kunst von jungen russischen Künstlern ausgestellt und ich fragte vor dem Studieren der Speisekarte jedes Mal nach einer Liste mit den Künstlernamen und den Preisen. Es fiel uns von allem Anfang an auf, dass fast alle Speisen und abgefüllten Getränke in den Hotels aus dem Ausland eingeführt waren. So stammte zum Beispiel die Konfitüre beim Frühstück von Hero in Lenzburg (Schweiz). Das Restaurant war bei Weitem nicht nur von Ausländern besucht, sondern auch von vielen russischen Geschäftsleuten. Diese erkannte man jeweils daran, dass bei diesen statt Wein ganze Flaschen Wodka auf dem Tisch standen. Bestellt wurde das „Wässerchen" in Gramm und nicht in Dezilitern.

Da sich das Hotel *Metropol* – wie bereits erwähnt – in unmittelbarer Nähe des weltberühmten Bolschoitheaters befand, nutzten wir an den wenigen freien Abenden die Gelegenheit, diese Institution zu besuchen. Als Erstes fiel mir auf, dass das altehrwürdige Theater von 1825 eine Renovation nötig hatte. Allein der gewaltige Vorhang war beeindruckend und erinnerte an die bereits untergegangene Sowjetunion: Sichel und Hammer auf dem schönen Stoff. Die Tänzer und Tänzerinnen des Bolschoi- und des Mariinskij-Theaters (in St. Petersburg) wurden wegen ihrer Ausstrahlung, ihrer technischen Perfektion und ihrer außerordentlichen Virtuosität in aller Welt bejubelt und zum künstlerischen Aushängeschild der Sowjetunion. Einige der Weltstars des Balletts setzten sich dann in den Westen ab. Dominik und ich mussten für einen solchen Anlass im Hotel jeweils stark überhöhte Preise bezahlen. Für das Ergattern von Eintrittskarten existierte zudem ein Schwarzmarkt unmittelbar vor dem Theatereingang. Eine Aufführung im weltbekannten Bolschoi lohnte sich auf jeden Fall, denn die Vorstellungen waren jedes Mal ein großartiges Erlebnis. Von den Ballettaufführungen war ich immer begeistert. Die Oper Boris Godunow im Bolschoi mit Prolog von

Modest Mussorgski nach Motiven des gleichnamigen Dramas von Puschkin gefiel mir weniger. In der Pause genossen wir jedes Mal ein Glas des russischen „Champanski" für fünf US-Dollar. Amerikanische Währung wurde überall gerne angenommen. Aufgefallen ist uns auch, dass es im Gegensatz zu den meisten Zuschauern von westlichen Opern und Ballettvorführungen im Bolschoi nicht vorwiegend grauhaarige, sondern auch viele jüngere Besucher gab. Dabei war in Moskau bei solchen prestigeträchtigen Anlässen auch die junge Damenwelt schick angezogen, was für den westlichen Besucher eine weitere Attraktivität darstellte.

Der Prachtbau aus der Zarenzeit eröffnete nach sechs Jahren im Oktober 2011 wieder seine Pforten und erscheint in neuem Glanz. Ein Hauptziel der sehr teuren Renovierung war, die beschädigte Akustik des Theaters wiederherzustellen. Dazu wurde unter anderem der Hohlraum unter dem Orchester wiederhergestellt, der in den 1920er-Jahren mit Beton ausgegossen worden war.

Beim Schlummerbecher nach der Vorstellung an der Bar unseres Hotels hatte sich inzwischen eine beachtliche Anzahl billig herausgeputzter junger Damen mit stark rot angestrichenen Lippen niedergesetzt. Immerhin wurde man in diesem Hotel nicht weiter von den Damen der Nacht belästigt. Anders als im Hotel *Ukraine,* wo gemäß einem Kollegen von uns um Mitternacht das Telefon klingelte und sich eine flüsternde weibliche Stimme mit dem Namen Natascha meldete und sich erkundigte, ob sich der westliche Gast etwa einsam fühle.

Es liegt eine bedrohliche Spannung in der Luft

Nach dem Wecken durch den Hotelservice am Morgen des 28. September 1993 stellte ich den Fernseher ein und sah auf CNN die bekannte britisch-iranische Journalistin Christiane Amanpour, deren Berichterstattung 1990 über den Golfkrieg sie berühmt und zur weltweit höchstbezahlten Reporterin gemacht hatte. Sie trug einen großen Schlapphut, war warm angezogen und blickte ernst in die Kamera. Ich hörte, wie sie gerade auf CNN erklärte, dass es in Moskau schneie, was ich in Anbetracht des milden Wetters am Vortag nicht richtig glauben konnte. Ich zog die dicken Vorhänge in meinem Zimmer auf und tatsächlich konnte ich große Schneeflocken herumwirbeln sehen. Dann erklärte Amanpour weiter, dass sich die Situation um das Weiße Haus (damals Parlament, heute Sitz der Regierung) herum dramatisch verschärfe. Ich dachte zuerst, dass es sich wieder einmal um eine von sensationshungrigen Journalisten aufgeblasene Meldung handeln würde und dass auch CNN der Tendenz zu journalistischen Übertreibungen nachkomme, um die Zuschauer an den Fernseher zu locken. Beim Frühstück las ich dann noch die englischsprachige Moskauer Zeitung und kam zum Schluss, dass sich die politischen Spannungen in den letzten Tagen tatsächlich verschärft haben könnten. Nach einer kurzen Besprechung mit Dominik entschlossen wir uns, mit dem nächsten möglichen Flugzeug in die Schweiz zurückzufliegen.

Am folgenden Tag, 29. September 1993, flogen wir mit einem Flugzeug der Swissair in die Schweiz zurück, wobei wir nicht sicher waren, ob wir den richtigen Entscheid gefasst hatten.

Nach dem im folgenden Abschnitt beschriebenen gefährlichen Putschversuch zum Umsturz der Regierung wurde auch unser fester Glaube an das große Zement-Geschäft und den wirtschaftlichen Aufstieg in Russland aus der Stagnation für einige Zeit ziemlich erschüttert.

Was war nach unserer fluchtartigen Abreise damals wirklich geschehen? In einem Dekret vom 21. September 1993 löste Präsident Jelzin in Verletzung der Verfassung des Obersten Sowjets den Kongress der Volksdeputierten auf. Das Datum für die neuen parlamentarischen Wahlen wurde auf den 12. Dezember 1993 festgesetzt. Am 22. September diskutierte Jelzin mit dem Premierminister Viktor Tschernomyrdin (1992–1998) über die Absetzung des Leiters der Zentralbank, Viktor Geraschenko, und schlug an dessen Stelle Boris Fedorov vor. Premierminister Tschernomyrdin verteidigte jedoch Geraschenko.

Neben der von Jelzin ausgelösten Verfassungskrise kam als weiteres Problem hinzu, dass die Wirtschaftsreformen kontrovers waren und eine starke Opposition von vielen Mitgliedern des Parlaments, der Bureaukraten und der Direktoren der Industrieunternehmen, den sogenannten roten Direktoren, auslösten. Einige Mitglieder des Parlaments weigerten sich, das Parlamentsgebäude zu verlassen, was zu einer Pattsituation zwischen dem Präsidenten und dem Parlament führte.

Die Opposition des Präsidenten im Parlament übernahm dann die physische Kontrolle über das Weiße Haus. Deshalb hatten Dominik und ich die Lastwagen mit Truppen rings um das Parlament mehrmals gesehen und wir mussten jeweils in einem weiten Bogen darum herumfahren. Der Vizepräsident von Jelzin, General Alexander Rutskoi, wurde von der Opposition als neuer Präsident proklamiert. Dabei wurde er vom Tschetschenen Ruslan Khasbulatow, dem Präsidenten des Parlaments und ehemaligen Freund von Jelzin, unterstützt. Im früheren Putschversuch von 1991 gegen Jelzin stand er noch auf der Seite des erfolgreichen Widerstands. Khasbulatow trat im August 1991 aus der Kommunistischen Partei aus und wurde am 29. Oktober 1991 zum Sprecher des Obersten Sowjet ernannt. Die verfassungswidrige Auflösung des Kongresses der Volksdeputierten am 21. September 1993 durch Jelzin löste somit eine schwere parlamentarische Krise aus. Khasbulatow mit der Opposition verließ das Weiße Haus nicht mehr und wurde zum Gegner von Jelzin.

Die Lage spitzte sich anfangs Oktober dramatisch zu: Am 3. Oktober 1993 nahmen bewaffnete Anhänger von Khasbulatow und Rutskoi das Büro des Bürgermeisters von Moskau ein und attackierten die Ostankino-Fernsehstation, wobei dreiundzwanzig Menschen ums Leben kamen. Jegor Gaidar, der erste Vize-Premier unter Viktor Tschernomyrdin, forderte die Anhänger von Jelzin am 3. Oktober im Fernsehen auf, unbewaffnet die Demokratie und den Kreml zu verteidigen. Am 4. Oktober 1993 marschierten – zum Glück für Jelzin und vielleicht für die Freie Welt – loyale Truppen in Moskau ein. Das Parlament (Weiße Haus) von Russland wurde umzingelt und es kam unter den Beschuss von Panzern. Das Weiße Haus fing zu brennen an und wurde von Spezialeinheiten gestürmt. Mehr als einhundert Menschen starben dabei. Die Rebellen ergaben sich und die Rädelsführer des Putsches wurden verhaftet.

Nur vier Tage nach der Rückkehr in die Schweiz sah ich in der guten Stube bei mir zu Hause im Schweizer Fernsehen die Bilder des in den obersten Stockwerken brennenden Parlaments, und man konnte beobachten, wie Spezialeinheiten per Helikopter an Seilen auf dem Dach des Weißen Hauses abgesetzt wurden und mit der Rückeroberung des großen Gebäudes begannen, das von mehr als 300 schwer bewaffneten Rebellen-Soldaten verteidigt wurde. Eindrücklich war ebenfalls, wie der Vizepräsident von Russland, Alexander Rutskoi, Zweisterngeneral der Luftwaffe und Held der Sowjetunion (er nahm am Krieg in Afghanistan als Pilot teil), im Kampfanzug mit erhobenen Händen aus dem Gebäude trat und zusammen mit Khasbulatow verhaftet wurde.

Sowohl Rutskoi als auch Khasbulatow hatten sich getäuscht: Beide waren überzeugt, dass die „stille Mehrheit" des Volkes und der Armee sich nach einer Rückkehr zum vergangenen Zentralismus und der vergangenen Ordnung sehnte, was angesichts der rasch um sich greifenden Verarmung eines großen Teils der Bevölkerung nicht abwegig erschien.

Die *New York Times* schrieb am 5. Oktober 1993 über den Putschversuch vom 4. Oktober 1993 Folgendes:

„Tanks and troops loyal to President Boris N. Yeltsin today crushed an armed uprising by his opponents with a potent show of force that left their riverside stronghold battered and in flames.

The Parliament building, known as the White House, was shaken by huge explosions from 125-millimeter shells fired from T-72 and T-80 tanks. As crack airborne troops conducted a floor-by-floor assault, hundreds of legislators, defenders and supporters began fleeing out of the building shortly before 5 P.M. Their leaders followed 6 P.M.

Russia television showed Ruslan I. Khasbulatov, the Parliament chairman, and Aleksandr V. Rutskoi, a former general who is the Vice President, grimly boarding a bus, Mr. Khasbulatov in his usual dark shirt and Mr. Rutskoi in camouflage fatigues.

About 30 prisoners, including Mr Khasbulatov and Mr Rutskoi, were taken to Lefortovo Prison in central Moskow where, the Interfax news agency reported, they missed dinner. Mr Khasbulatov and Mr Rutskoi were given neighboring cells and granted smoking privileges.

Mr Yeltsin, apparently assured of the firm backing of security forces, moved quickly today to solidify his power. In addition to ordering the arrests, he banned some opposition parties, including the Communists and nationalist organizations like Pamyat. He also closed many opposition newspapers, including Pravda, the former organ of the Communist Party.

For the moment, Mr Yeltsin's action seemed to command overwhelming support, in Moscow and in the provinces, drawing in large part on widespread horror at the large-scale violence waged on Sunday by the opposition. In Sunday's fiercest battle, an attempt by the rebels to seize the television center, 62 people were killed, including a large number of civilians caught in the firefight. ..."

Das oben erwähnte berüchtigte Lefortowo-Gefängnis für politische Häftlinge hat seinen Namen nach dem Stadtviertel Lefortowo, das sich östlich vom Zentrum Moskaus befindet, erhalten. Es wurde nach dem schweizerischen Admiral François Le Fort benannt, der ein enger Vertrauter von Zar Peter dem Großen war und dessen Einheit in diesem Stadtviertel stationiert war. Der aus Genf stammende François (genannt Franz) Lefort hatte an mehreren Kriegen gegen das Osmanische Reich teilgenommen. Ab 1695 kommandierte er im Rang eines Admirals die russische Schwarzmeerflotte. Von 1697 bis 1698 begleitete und beriet er den Zaren auf einer großen Europamission.

Die Krise ist vorbei – Reminiszenzen

Bei unserem nächsten Besuch in Moskau vier Wochen später fragten wir Michael Alexandrov, ob er und sein Kollege eigentlich keine Angst vor den Gefahren eines Umsturzes im Zusammenhang mit der Besetzung des Weißen Hauses gehabt hätten. Alexandrov und seine beiden Begleiter gaben ohne Weiteres zu, dass sie sich große Sorgen um die Zukunft Russlands gemacht hätten, uns jedoch zur kritischen Zeit nicht verängstigen wollten. Sie hätten, als Dominik und ich in die Schweiz zurückgeflogen seien, Wasser und Nahrungsmittel im Kofferraum des Autos aufbewahrt, um notfalls über die finnische Grenze in den Westen fliehen zu können.

Als ich im Jahr 1997 in Boston an der Harvard University, John F. Kennedy School of Government, an einer Konferenz für die Intensivierung der amerikanisch-russischen Wirtschaftsbeziehungen teilnahm, befand sich zu meinem größten Erstaunen unter den Teilnehmern der hochrangigen russischen Delegation ein gewisser Mr Alexander Rutskoi. Er sah gut aus und trug einen eleganten dunkelblauen Blazer. Noch mehr verblüfft hat mich damals die Tatsache, dass Mr Rutskoi, der ehemalige Vizepräsident Russlands, jetzt als Gouverneur von Kursk Oblast (Provinz) an der Konferenz teilnahm. Er erklärte in seinem Exposé überzeugend, dass er sich persönlich für die Investitionen in seiner Region einsetze, und er werde mit Bestimmtheit dafür sorgen, dass Gesuche für ausländische Investitionen in der Provinz Kursk zügig abgewickelt würden, und er garantiere dafür, dass diese in Kursk sicher und für den ausländischen Investor interessant sein würden. Ich hatte auch persönlich Gelegenheit, mit diesem selbstsicheren, gepflegt wirkenden Mann voller Energie noch ein kurzes Gespräch zu führen. Wie ich erst viel später herausfand, wurde er bereits 1994 aus dem Gefängnis entlassen, und zwar als ihm das neue Parlament Amnestie erteilte. Er denunzierte jedoch Jelzin weiterhin und setzte sich für eine Wiedervereinigung von Russland mit der Ukraine und Belarus ein.

Am Abend des ersten Konferenztages fand im Seafood Restaurant Antony's Pier 4 in Boston (direkt am Meer gelegen) für alle achtzig Konferenzteilnehmer und einige Gäste ein Nachtessen statt. Wir wurden an einem wunderschönen Abend in zwei Bussen an den Hafen kutschiert. Auf einem für das Entladen der Schiffe nicht mehr benützten Landungssteg befand sich am Pier 4 das große Restaurant, das für seine frischen Austern und vor allem den exzellenten Lobster sehr bekannt war.

Die Tischrede hielt der berühmte und gleichzeitig berüchtigte Boris Beresowski. Dieser galt damals als einer der reichsten neuen Russen (Novi Ruski). Er sprach enthusiastisch über die einzigartigen Möglichkeiten, die sich jetzt ausländischen Investoren in Russland bieten würden. Um sich so richtig in Szene setzen zu können, erwähnte er hemmungslos, dass Boris Jelzin nur dank ihm die Wiederwahl als Präsident 1996 gewonnen habe. Es war mehr als peinlich, wie Beresowski fast fünf Minuten lang im Detail davon prahlte, wie er Jelzin maßgebend mit Geld und den von ihm kontrollierten Medien zur Wiederwahl verholfen habe. Er hätte deswegen bis heute großen Einfluss auf den Präsidenten und stets Zugang zu ihm. Leider stimmte es tatsächlich, dass Boris Beresowski einen direkten Draht zum Präsidenten hatte.

Wie konnte ein solcher Mann so schnell zu so großem Reichtum kommen? Der Mathematiker war an einem für Automatisierung zuständigen Institut tätig und besaß Kontakte zum Ladahersteller Avtovaz. Im Oktober 1993 gründete er zusammen mit einigen Managern des Automobilkonzerns Avtovaz die Allrussische Automobil-Allianz, mit deren Investorengeldern er wiederum bei der Privatisierung große Anteile von Avtovaz für sich erwarb. Beresowski wurde später zum bedeutendsten Autohändler Russlands. Die Ladas waren für ihre einfache Technik, minimalen Komfort und den sehr niedrigen Kaufpreis bekannt. Ab 1994 beteiligte sich Beresowski als Hauptaktionär an der Fernsehgesellschaft ORTV, die den größten und flächendeckenden Sender Russlands ORT unterhielt. Der Fernsehsender ORT konnte als einziger Sender Programme landesweit ausstrahlen. Im gleichen Jahr überlebte er in seinem Auto einen Bombenanschlag und bereits im darauffolgenden Jahr wurden im Zusammenhang mit der Ermordung des ORT-Direktors Wladislaw Listjew Ermittlungen gegen ihn angestellt.

Tatsächlich unterstützte er im Wahlkampf 1996 die Wiederwahl von Boris Jelzin zum Präsidenten Russlands mit seinem Sender ORT und finanziellen Beiträgen. Beresowski verfügte inzwischen auch über Beteiligungen am Ölkonzern Sibneft und an der Fluggesellschaft Aeroflot. Er initiierte zu diesem Zweck die sogenannte „Sieben-Bankiers-Bande", einen Zusammenschluss reicher Oligarchen, die mit Geld und „administrativen Maßnahmen" den sich im zweiten Wahlgang befindenden Jelzin für das Präsidentenamt massiv unterstützten. Nach dieser Wahl, also während der zweiten Amtszeit von Jelzin, hatte Beresowski tatsächlich großen Einfluss auf den Präsidenten. Von den Journalisten wurde er deshalb einst „der Pate des Kremls" genannt, weil er eine der ganz wenigen Personen war, die jederzeit Zugang zu ihm hatten. Die *Financial Times* (7.10.2011) hielt fest: „In 1996 he boasted to the Financial Times that he and six other businessmen controlled half his country's economy. Today he lives in political exile in the UK, an avowed enemy of the Kremlin. He was a maths professor who had created Russia's biggest car dealership. He survived in 1994 a car bomb that decapitated his driver …"

Nachdem aber der einstige KGB-Oberst Putin Ende 1999 das Präsidentenamt für den per sofort zurücktretenden Jelzin übernommen hatte, stellten sich für Boris Beresowski Probleme ein – wie für alle Oligarchen, die sich unter Präsident Putin nicht aus der Politik heraushielten. Zudem besaß Beresowski etwas, das Putin unbedingt haben wollte: einen nationalen Fernsehsender. Dem Präsidenten hatte die Berichterstattung von ORT über den Untergang des U-Bootes „Kursk" mit trauernden Witwen nicht behagt. Sie untergrub Putins Position. Es zeichnete sich ab, dass die „graue Eminenz" endgültig ausgedient hatte. Im August 2000 ging Beresowski ins Exil. Er flüchtete nach England, wo er sich seither in einer Villa im wohlhabenden Surrey südlich von London verschanzt und sich von ehemaligen französischen Fremdenlegionären bewachen lässt. In Russland wird er seit 2001 per Haftbefehl gesucht, doch Großbritannien liefert ihn nicht aus. Einige seiner Firmenbeteiligungen (darunter die Anteile ORT, Aeroflot und Sibneft) verkaufte er an Roman Abramowitsch. Als Grund für die Verfolgung per Haftbefehl werden Beresowski unlautere Geschäfte vorgeworfen. Er soll bei seinen Finanztransaktionen mit Lada den Investoren 2011 Autos im Wert von 13 Millionen US-Dollar unterschlagen haben. Gemäß einer Zeitungsnotiz in der Aargauer Zeitung vom März 2011 hat die französische Justiz an der Côte d'Azur zwei Jachten des russischen Milliardärs Boris Beresowski beschlagnahmt. Sie bezeichnete den Wert seiner Jachten auf 20 Millionen US-Dollar. Die russische Staatsanwaltschaft ermittelt gegen den Putin-Gegner wegen Betrugs und Geldwäscherei.

Laut *Spiegel Online* (4.10.2011) sind Beresowski (65 Jahre alt) und Abramowitsch (41 Jahre), die beiden ehemaligen Freunde und Geschäftspartner, heute bis aufs Blut verfeindet und vor einem Londoner Gericht tobt ein Rechtsstreit. Abramowitsch ist Milliardär (von Forbes auf 13,4 Milliarden US-Dollar geschätzt) und das Vermögen von Beresowski schwindet. Die *Financial Times* (7.10.2011) schreibt: „Mr Abramovich was an orphan raised in an oil town in Russia's far north. In 1988 he had started a business making plastic ducks, then turned to oil trading."

Gemäß einem neuen Buch – „Oh Mann, dein Testosteron!" – von Prof. Dr. med. Oswald Oelz, ehemaliger Chefarzt in Zürich und bekannter Bergsteiger, wollte Roman Abramowitsch (heute auch Besitzer des Fußballclubs FC Chelsea) den Kilimandscharo besteigen, allein auf 4 000 Metern Höhe musste er bergkrank evakuiert werden. Gemäß der Zeitschrift „Mare" ließ er dafür seine Jacht „Eclipse" auf 162,5 Meter verlängern. Sie ist damit 50 Zentimeter länger als die „Dubai", das Schiff des Herrschers von Dubai und die bis anhin größte Jacht der Welt. Wie aus dem *Spiegel Online* (5.10.2011) zu erfahren war, ist diese Jacht so groß, dass die an ein Kreuzfahrtschiff erinnernde Jacht in der Stadt Antibes an der Côte d'Azur nicht anlegen konnte und deshalb in der Bucht von Antibes im Meer ankern musste. Das war jedoch kein größeres Ärgernis, da die Jacht des zweitreichsten Russen über zwei Helikopter-Landeplätze verfügt und drei Sportboote mit sich führt. Die in einer Hamburger Werft gebaute „Eclipse" ist äußerst geheimnisumwittert. In der Fachpresse werden ihr Ausrüstungsmerkmale zugeschrieben, die eines James-Bond-Films würdig wären. So soll sie sowohl über ein Raketenabwehrsystem als auch einen unterirdischen Zugang verfügen, durch den die Gäste das Schiff diskret an Bord eines dreisitzigen Mini-U-Boots erreichen oder verlassen können. Die Jacht soll insgesamt 850 Millionen Euro gekostet haben und das Volltanken soll angeblich rund eine Million Euro kosten.

Es sei noch nachgetragen, dass Jegor Gaidar ebenfalls am 3. Oktober 1993 im Fernsehen die Bevölkerung und die Armee um Unterstützung für Jelzin bat. Gaidar und Tschubais gelten als die beiden Architekten der berühmten Schocktherapie. Viele Russen zeichnen noch heute Gaidar für die wirtschaftlich sehr harte Zeit verantwortlich, welche das Land in den 1990er-Jahren erlitten hat: Massenarbeitslosigkeit und eine Hyperinflation waren das Resultat. Andere Russen loben ihn als den Mann, der das Land vor einem vollständigen Kollaps gerettet hat. Jeffrey Sachs, der Direktor des „Columbia University's Earth Institute", der die russische Regierung in den 1990er-Jahren beraten hatte, hält Gaidar als den intellektuellen Führer von manchen politischen und wirtschaftlichen Reformen.

Im Juni 1995 nahm ich an einem sehr interessanten „Russian Summit" des World Economic Forums (WEF) in Moskau teil. In einem Panelgespräch und anschließenden Nachtessen war auch Tschubais zugegen. Weitere Redner waren unter anderem: Sergueev, Khodorkovsky (damals der reichste Mann Russlands), Kivelidi, Yasin (Wirtschaftsminister) und Yavlinski (Duma-Abgeordneter). Der Schweizer

Botschafter Johann Bucher war ebenfalls anwesend. Dieser Botschafter wurde auch im Buch von Gisela Tobler („Russen sind anders") gelobt: „Der neue Botschafter Johann Bucher (1995 bis 1999) erwies sich als großartiger Manager, der die Botschaft in Windeseile zu einem perfekten Dienstleistungsbetrieb umorganisierte und seine Angestellten bestens im Griff hatte."

Wir machten ebenfalls gute Erfahrungen mit dem neuen Botschafter. Nach einer Sitzung an einem späten Nachmittag im Herbst 1995 mit Tres und Cyrille Kisselevsky – den ich später noch vorstellen werde – auf der Schweizer Botschaft in Moskau erklärte der umtriebige Botschafter Bucher, dass er uns jetzt ins Bolschoitheater einladen würde. Da es praktisch unmöglich sei, mit dem Botschaftswagen rechtzeitig im Bolschoi einzutreffen, würden wir alle mit der Metro dorthin fahren, was in ungefähr zehn Minuten Fahrt zu bewerkstelligen sei. In der unweit der Botschaft gelegenen Metrostation angekommen, galt es zuerst einmal, Fahrkarten zu beschaffen. Der winzige Kassenschalter (fast ein Sehschlitz) befand sich etwa in Brusthöhe des Botschafters, sodass sich dieser leicht bücken musste, um mit der darüber thronenden älteren Fahrkartenverkäuferin ins Gespräch zu kommen. Es war dies ein typisches Beispiel der vielen noch mehrere Jahre übrig gebliebenen Symbole einer unfreundlichen Dienstleistungskultur, die noch lange in der russischen Bürokratie verankert blieb.

Die Metro hingegen machte großen Eindruck auf mich. Alle Stationen waren als prunkvolle Paläste der Stalin-Architektur gestaltet, welche die Idee der zaristischen Paläste mit Marmorböden, Kristallleuchtern und Säulen so gewissermaßen in den Besitz der Werktätigen überführten.

Die Aufführung im Bolschoi – „Schwanensee", eines der berühmtesten Ballette zur Musik Tschaikowskis (Uraufführung 1877) – war schlicht großartig. Im Film „Black Swan" von Darren Aronofsky mit Natalie Portman (sie erhielt 2011 einen Oscar als beste Hauptdarstellerin) als Odette wird das Werk als Basis für den Film verwendet.

Der Russian Summit des WEF im Sommer 1995 in Moskau. Tschubais ist hier der dritte von rechts.

Nachtessen von links: K.Häfeli, A. Pestalozzi, C. Kisselevsky, Botschafter J. Bucher, Frau L. Kisselevskys

Konferenz an der Harvard University (John F. Kennedy School of Government) 1997. Am Rednerpult Alexander Rutskoi, Gouverneur von Kursk Oblast.

Beurteilung verschiedener Zementwerke vor Ort (Due Diligence) im November/Dezember 1993

Da ich an diesem Augenschein nicht dabei sein konnte, beschreibt Dominik Wlodarczak jene spezielle Reise, die er zusammen mit Marc Wurtz (Technischer Direktor der Holcim-Fabriken in Frankreich) und Hanno Göhlsdorf durchführte:

„Nachdem sich die politische Lage beruhigt hatte, unsere russischen Partner weitere Fortschritte beim Aufbau der Zementgruppe vorzeigen konnten und wir zunehmend bessere Chancen sahen, die Zustimmung für ein Russland-Investment bei den zuständigen Holderbank-Gremien zu erreichen, beschlossen wir, eine beschränkte ‚Due Diligence' durchzuführen.

Da die russische Wirtschaft damals mangels Liquidität zu einem großen Teil über Tauschhandel funktionierte, war es kaum möglich, ein aussagekräftiges Bild über die finanzielle Lage der einzelnen Zementwerke zu erhalten. Trotzdem beauftragten wir Arthur Anderson, die Bücher der wichtigsten Werke zu prüfen und, soweit möglich, Abschlüsse nach IAS zu erstellen. Parallel dazu brachen wir zu einer Besichtigungstour sämtlicher Beteiligungen auf, bei der wir uns vor allem ein Bild über den technischen Zustand der Werke machen wollten. Zum Team auf dieser Reise gehörten von Holderbank Marc Wurtz, der technische Leiter von Ciment d'Origny, sowie Hanno Göhlsdorf, ein junger Ingenieur aus dem technischen Dienst der Holderbank Management und Beratung AG (heute Holcim Group Support genannt). Als Ostdeutscher sprach er Russisch und half uns neben seinen technischen Kenntnissen mit der Verständigung.

Nach einer langen Anreise treffen wir in der Stadt Perm, mitten im Ural, Kharif und ein paar Vertreter von Alfa Cement, wie die Zementgruppe inzwischen benannt wird, welche uns auf unserer Tour begleiten werden. Die Begrüßung findet im Hauptsitz der Alfa Cement in einer leeren Mietwohnung statt. Man merkt gleich, dass hier stark improvisiert wird und noch keine wirklichen Firmenstrukturen existieren.

Unbeirrt davon machen wir uns auf den Weg nach Gornosavodsk. Wir sind drei Personen und unsere ‚Expedition' fährt mit zwei großen Autos der Marke Wolga während rund vier Stunden von Perm aus durch den tief verschneiten Ural zum Flecken Gornosavodsk. Erst in der Nacht erreichen wir mitten in einem Wald ein kleines Hotel, dessen komfortable Ausstattung wir in diesem abgelegenen Gebiet nicht erwartet haben. Es gehört einem Stromkonzern, der offenbar die Mittel besitzt, um in solche Infrastruktur zu investieren.

Am darauffolgenden Tag sehen wir in Gornosavodsk unser erstes russisches Zementwerk. Die dicke Schneeschicht verbirgt den wahren Zustand der Anlage.

Trotzdem entgeht uns nicht, dass es an allen Ecken und Enden bröckelt und die Maschinen nur mit den einfachsten Mitteln notdürftig am Laufen gehalten werden. Immerhin dreht der Ofen und die Fabrik verkauft seinen Zement. Während zwei Tagen durchleuchten wir den technischen Zustand der Maschinen, die Rohmaterialsituation, Produktions- und Absatzstatistiken, Organigramme und so weiter. Die russischen Werke besitzen für europäische Verhältnisse riesige Dimensionen. Mit der Auflösung der UdSSR ist auch die Wirtschaft eingebrochen und Gornosavodsk wie auch alle andern Zementwerke im Lande produzieren nur noch einen Bruchteil dessen, was aufgrund ihrer überdimensionierten Kapazitäten möglich wäre. Daneben bildet der Mangel an Liquidität das Hauptproblem der russischen Industrieunternehmen. Ein Großteil der Kunden besitzt nur sehr beschränkte Barmittel, um für den Zement zu bezahlen, und bietet physische Güter aller Art zum Tausch an. Da die als Zahlungsmittel angebotenen Güter vom Zementwerk nicht immer benötigt werden, muss ein weiterer Abnehmer dafür gefunden werden, der wiederum andere nützliche Güter anbieten kann. So erfolgt ein Tauschhandel zum Teil über mehrere Stufen hinweg, der sehr aufwendig und ineffizient ist. Gleichzeitig ist es dadurch nicht immer möglich, die Waren zu erhalten, die wirklich benötigt werden, insbesondere Ersatzteile.

Was immer wieder in russischen Fabriken auffällt, ist, dass im Gegensatz zu den europäischen Fabriken viele Frauen arbeiten und teilweise auch schwere Arbeiten verrichten. Marc Wurtz hat dazu bemerkt: ‚Ici une femme chargée de lubrifier certains équipements avec sa canette d'huile (et son petit chien dans les bras), là une grutière à l'oeuvre à bord de ce monstre, là bas encore une femme domestiquant son marteau-piqueur … L'égalité des sexes démontrée par les faits! Mais je dois reconnaître que lors des toasts, les amples libations étaient le fait de la gent masculine!'

Von Gornosavodsk geht die Reise weiter nach Neviansk. Durch eine tief verschneite Winterlandschaft, endlose Felder und die hügeligen Wälder des Urals. Wenn man stundenlang durch solche menschenleeren Landschaften fährt, wird einem die Dimension dieses riesigen Landes erst richtig bewusst. Die einzigen Anzeichen von Leben sind gelegentlich entgegenkommende Lastwagen. Unsere Fahrer rasen mit mehr als hundert Stundenkilometern über die zwar menschenleere, dafür aber vollständig vereiste Straße. Es ist kaum auszudenken, was passiert wäre, wenn unser Auto in dieser eisigen Einöde den Geist aufgegeben hätte oder der Wagen ins Schleudern gekommen wäre. Nach einiger Zeit verlangten unsere beiden erfahrenen Fahrer, dass wir ihnen halfen, die Schneeketten zu montieren, da wir im Begriff waren, in hügeliges Gelände vorzustoßen, wobei die größte Erhebung höchstens einige Hundert Meter hoch war. Irgendwo inmitten dieser winterstarren, verlassenen Wildnis passieren wir die Grenze zwischen dem europäischen und asiatischen Kontinent, welche durch ein Schild markiert wird. Nachdem wir schon einige Stunden unterwegs sind, taucht etwas von der Straße zurückversetzt eine Plattenbausiedlung auf, welche von einer zwei Meter hohen doppelten Palisade und Stacheldraht umzäunt ist. Dieser Ort mit offenbar mehreren Tausend Einwohnern ist auf keiner Karte eingezeichnet und besitzt statt eines Namens nur eine Code-Nummer. Unsere Kollegen von Alfa Cement erklären, dass es sich um einen der geheimen Orte handelt, an dem militärische Forschung und Entwicklung betrieben werden.

Etwas klamm von der Kälte und der Anspannung durch die Raserei, erreichen wir nach ein paar Stunden das Zementwerk Neviansk. Es gehört nicht zur Alfa-Cement-Gruppe; weil man sich aber gut kennt und das Werk auf unserem Weg liegt, statten wir ihm einen Höflichkeitsbesuch ab. Nach einem kurzen Fabrikrundgang geht es dann zum wesentlichen Teil unseres Besuches, dem Mittagessen. In einer einsamen Blockhütte inmitten malerisch verschneiter Birkenwälder lässt uns der Werksleiter ein üppiges Festmahl servieren. Während mehrerer Stunden werden immer wieder neue Gerichte und Häppchen aufgetragen. Nicht gegeizt wird auch mit dem Wodka, welcher reichlich fließt und jeweils mit einem Trinkspruch runtergespült wird. Keiner von uns wird davon verschont, auch einen Trinkspruch zum Besten zu geben und sich in der kühlen Hütte kräftig mit Wodka zu wärmen. Je näher man dem Werksleiter an der Tafel sitzt, desto mehr muss man mit dem sportlichen Trinkrhythmus des Gastgebers mithalten. Marc Wurtz erwischt es am härtesten, da er als Ältester unserer Delegation direkt neben dem Gastgeber sitzt. Etwas weiter unten am Tisch, können wir uns zumindest teilweise schonen, indem wir nach jedem Trinkspruch das Glas nur halb leeren, ohne negativ aufzufallen. Der Werksleiter redet sich richtig in Rage und ist nach ein paar Gläsern kaum mehr zu bremsen. Er wird immer lauter und fröhlicher, bis er nach ein paar Stunden zu unserer Verblüffung seinen Redeschwall plötzlich abrupt abbricht und, völlig aus dem Zusammenhang gerissen, mit leiser, fast weinerlicher Stimme zu einem Toast auf unsere Vorfahren ansetzt und eine Schweigeminute für sie einlegt. Das Essen verliert dadurch sein Momentum und wir können bald darauf weiterreisen. Wir sind nicht unglücklich, dieses russische Gelage zu beenden, denn wir haben in der Hütte genug gefroren, der Sättigungspunkt mit Wodka ist längst überschritten und es liegt noch eine lange Weiterfahrt vor uns. Kurz vor Einbruch der Dunkelheit brechen wir dann von der Waldhütte auf und fahren die ganze Nacht bis Jekaterinburg durch. Ziemlich erschöpft erreichen wir am nächsten Morgen diese Stadt, vierzig Kilometer östlich der imaginären Trennlinie zwischen Europa und Asien, wo der letzte russische Zar Nikolaus II. und seine Familie 1918 von den Bolschewiken exekutiert wurden.

Nach der Ankunft frühmorgens erholen wir uns zuerst ein paar Stunden im Hotel, bevor die Fahrt weiter nach Nishni Tagil geht. Auch hier gab es in der Sowjetzeit in der Umgebung der Stadt einen großen Gulag, ein Straflager mit zeitweise bis zu 43 000 Strafgefangenen. Alfa Cement hält eine kleine Minderheit an diesem Mahlwerk, das mitten in der Stadt liegt. Die Fabrik steht schon seit Längerem still und ist in einem erbärmlichen Zustand. Zusammen mit dem Werksleiter, der uns in nicht ganz nüchternem Zustand empfängt, herrscht in den Ruinen dieser Fabrik Endzeitstimmung. Wir verwenden für diesen hoffnungslosen Fall nicht viel Zeit und fahren bald weiter nach Suchoi Log. Diese Zementfabrik liegt circa drei Stunden östlich von Jekaterinburg. Die Fabrik ist auf die Herstellung von Spezialzementen für die Ölindustrie spezialisiert. Nordöstlich der Stadt liegen die Ölfelder der Region Tyumen. Obwohl es sich um einen Nischenmarkt handelt, sind die Ölkunden zumindest in der Lage, cash zu bezahlen, was in dieser Zeit einen großen Vorteil bedeutet.

Der Werksleiter erweckt den Eindruck eines fähigen Managers, dem es, im Gegensatz zu seinen Kollegen in gewissen anderen Werken, ein echtes Anliegen war, seine Fabrik erfolgreich zu führen. Suchoi Log präsentiert sich denn auch in einem relativ guten Zustand, etwa vergleichbar mit Gornosavodsk. Wir sind in einem einfachen Plattenbau untergebracht, der zur Fabrik gehört und von schneebedeckten, endlosen Feldern und Wäldern umgeben ist. Da es inzwischen Samstag geworden ist, gönnen wir uns in der werkseigenen Banja (Sauna) etwas Erholung. Die Sauna liegt in einem abgelegenen Waldstück und besteht aus einem einfachen Holzhaus. In mehreren Runden lassen wir uns aufheizen und kühlen uns anschließend im Schnee draußen wieder ab. Zwischendurch werden wir mit kleinen Häppchen und Wodka verpflegt. Nach langen kalten Tagen in einer Fabrik und kaum geheizten Büros ist der Besuch einer Banja stets eine Wohltat. Das Abendessen mit dem Werksleiter ist zwar so üppig wie überall in Russland, endet glücklicherweise jedoch nicht so ausschweifend wie das Festmahl am Vorabend, vielleicht weil der Werksleiter sich als eher nüchterner Gastgeber erweist und wir nach den anstrengenden letzten Tagen vermutlich auch nicht mehr die Energie für große Feste aufbringen können.

Der nächste Sonntagmorgen beschert uns ein weiteres Vergnügen. Bis zur Abreise am Mittag haben wir noch Zeit für eine Langlauftour durch die verschneite Winterlandschaft Russlands. In unserer Unterkunft gibt es die entsprechende Ausrüstung, weshalb wir uns den Ausflug nicht entgehen lassen.

Am Nachmittag geht die Reise weiter zum Flughafen Jekaterinburg, von wo wir nach Saratow an die Wolga fliegen, das im Südwesten Russlands liegt.

Inlandsflüge in Russland sind immer ein besonderes Erlebnis. Die modernen Flugzeuge werden in der Regel auf internationalen Strecken eingesetzt, sodass im Inland meist sehr alte Maschinen fliegen. Vom hohen Alter zeugen die muffigen, durchgewetzten Sitze, abbröckelnde Tapeten, löchrigen Teppiche, Staufächer, die sich nicht mehr schließen lassen, oder Wasser, das von der Decke in die Passagierkabine tropft. Im Winter sind die Pisten immer schnee- und eisbedeckt und ich habe noch nie erlebt, dass ein Flugzeug vor dem Start enteist wird. Auch der Umgang mit den Fluggästen ist gewöhnungsbedürftig. So werden diese regelmäßig bei Temperaturen unter minus 15 Grad Celsius auf das Flugfeld hinausgeschickt, nur um dort in der bissigen Kälte minutenlang vor dem offenen Flugzeug zu warten. Der üblicherweise danach folgende „in-flight"-Service ist genauso frostig. Die Flugbegleiterinnen behandeln Passagiere in der Regel schroff bis rabiat, eine Tasse Tee und ein Bonbon sind das Höchste der Gefühle. Bei den alten Antonov-Propellermaschinen rührt sich nach der Landung kein Passagier, bis der Pilot aus dem Cockpit kommt, die Passagierkabine hindurchschreitet und als Erster am hinteren Ausgang aussteigt.

Gegenüber von Engels und damit westlich der Wolga liegt Saratow. Die Stadt wurde 1590 als Zarenfestung gegründet und beherbergt ungefähr 830 000 Einwohner. Zusammen mit Marc Wurtz und dem Werksleiter besuchten wir am zweiten Tag unseres Aufenthalts etwa zehn Kilometer südlich von Saratow die Ruinen der ehemals großen Stadt Ukek. Marco Polo erwähnt diese Stadt in seinem Reisebericht. Die Stämme der Goldenen Horde (sie gehörten zum mongolischen Teilreich in Osteuropa und Westsibirien) beherrschten im 13. und 14. Jahrhundert das gesamte Wolga-Don-Gebiet zwischen dem Kaspischen Meer und Ukek. Residenzsitz der mongolisch-türkischen Herrscher war das an der Wolga gelegene Berke-Sarai (Astrachan). Die Khane der Goldenen Horde beherrschten von 1240 bis 1480 Russland, was die wirtschaftliche Stellung Russlands in Europa beeinträchtigte. Die Khane förderten die Aufspaltung Russlands in bedeutungslose Fürstentümer und unternahmen deswegen wiederholt Kriegszüge in dem Land. Zar Iwan III. stellte die Tributzahlungen an die Goldene Horde ein und beendete die 250-jährige Fremdherrschaft der Tataro-Mongolen.

Das Stadtzentrum von Saratow befindet sich unweit des Wolgaufers. Die Wolga mit einer Länge von 3 530 Kilometern ist hier etwa drei Kilometer breit. Der Fluss ist der längste und wasserreichste Fluss Europas. Im Gebiet um Saratow siedelte Katharina die Große die sogenannten Wolga-Deutschen an, welche die viel produktiveren landwirtschaftlichen Methoden von Deutschland nach Russland bringen sollten. Es gibt zahlreiche Deutschstämmige in diesem Gebiet, die teilweise noch Deutsch sprechen. Über die Jahrhunderte wurden sie völlig assimiliert und selbst ihre vielleicht damals effizienteren landwirtschaftlichen Methoden haben dem Kommunismus nicht widerstanden. So präsentiert sich heute das gesamte Gebiet genauso russisch wie der Rest des Landes.

Zwei Stunden außerhalb Saratows befindet sich das Städtchen Volsk mit seinem Zementwerk, welches direkt an der imposanten Wolga liegt. Die Fabrik besitzt eigene Verladeeinrichtungen, über die sie den Zement per Schiff weit nach Norden und Süden transportieren kann. Allerdings beginnt die Wolga im November zuzufrieren und erst Monate später, etwa Anfang bis Mitte April, setzt die Schneeschmelze ein und bringt das Eis zum Brechen.

Der gemächliche Fluss der Wolga scheint hier den Takt des Lebens vorzugeben. Die Fabrik besteht aus einem alten und einem neuen Teil und ist von beeindruckender Größe. Den Werksleiter bekommen wir nicht oft zu sehen. Er scheint in erster Linie aus parteipolitischen Erwägungen in diese Position gelangt zu sein und sonst nicht allzu viel von der Zementproduktion zu verstehen. Obwohl das Werk logistisch gut gelegen ist, ausgezeichnetes Rohmaterial besitzt und die Anlagen gut konzipiert wurden, ist der Zustand unterdurchschnittlich. Alfa Cement wird hier viel nachzuholen haben und auch personelle Entscheidungen zur Umbesetzung fällen müssen.

Mit diesem Werk schließen wir unsere Besichtigungsreise ab und fliegen von Saratow zurück nach Moskau. Hier beobachteten wir nach der Landung erstmals die Enteisung einer Piste, und zwar mittels einer eigenartigen neuen Methode: Mit dem Reaktor eines Flugzeugs, der quer über dem Gehäuse eines Lastwagens angebracht wurde, wird heiße Luft auf die Piste geblasen. Unter dem enormen Druck und der Hitze bricht das Eis auf der Piste auf und wirbelt in Form von gewaltigen flachen Eisstücken durch die Luft – eine ziemlich brachiale, ineffiziente und zudem gefährliche Art, das Rollfeld zu räumen. Im Terminal des Flughafens stellen wir fest, dass der Koffer von Marc Wurtz, der gleichzeitig mit unseren in Saratow aufgegeben wurde, nicht angekommen ist. Eine energisch vorgetragene Reklamation hilft, den Koffer wiederzufinden, und zwar gut aufbewahrt in einem der Büros.

Gemessen an westlichen Standards und selbst an den Standards damaliger osteuropäischer Schwellenländer wie Tschechien oder Ungarn, präsentierte sich der Zustand der russischen Zementindustrie im Allgemeinen und der Werke, die wir auf dieser Reise besuchten, im Besonderen als ziemlich erschütternd: massive Überkapazitäten, veraltete Technologien, heruntergewirtschaftete Anlagen, sinkende Nachfrage, Tiefstpreise für den Zement (20 bis 30 US-Dollar pro

Tonne) und mangelnde Liquidität, welche kaum ausreichte, um die Löhne zu bezahlen. Nichtsdestotrotz waren wir überzeugt, dass es eine Frage der Zeit ist, bis sich die russische Wirtschaft erholt, der Zementmarkt wieder anzieht, die Werke Geld verdienen und wieder investieren können. Die ersten Vorboten dieses Aufschwungs waren in Moskau ja bereits deutlich sichtbar (wie oben beschrieben). Im Rückblick hat sich diese Einschätzung bestätigt. Die Zementnachfrage und die Auslastung der Werke sind stark gestiegen, der Zementpreis ist auf über 100 US-Dollar geklettert, die Industrie hat allmählich in die Gewinnzone zurückgefunden und sich mit massiven Investitionen modernisiert. Um davon zu profitieren, war es aber notwendig und auch richtig, die damaligen Unsicherheiten und Risiken in Kauf zu nehmen, denn nur zu diesem frühen Zeitpunkt waren diese gut gelegenen Zementpositionen verfügbar. Einige Jahre später war der russische Markt aufgeteilt und besetzt."

Armut und Inflation in Russland

In Moskau sahen Dominik und ich viele arme Leute, die versuchten, Gemüse oder alte Haushaltsgegenstände zu verkaufen. Daneben gab es natürlich auch Bettler. Bei unseren Fabrikbesuchen stellten wir fest, dass die Landbevölkerung ärmlich lebte und die Dörfer und kleinen Städte wie solche in Drittweltländern aussahen. Vor der Privatisierung hatten die älteren Leute wenigstens noch eine bescheidene Pension. Die zeitweise enorme Inflation führte dazu, dass die Pensionen nicht einmal mehr für ein Butterbrot reichten, und da es keine Arbeit gab, war das Leben für den Großteil der Bevölkerung sehr hart geworden.

Der folgende englische Text gibt darüber wirtschaftliche Hintergrundinformationen:

Am 24. Oktober 1994 schrieb „Time"-Magazin:
„Moscow had recently been touting distinct signs of improved economic performance: inflation had slowed from a monthly rate of 25 % last year to 4 %, and the much battered ruble had been holding steady for about a month and had become something of a hard currency again in most of the former Soviet republics.

Then last week the ruble, which had begun to slip in September, nose-dived in three hours of panicky trading, from 3081 to the dollar to 3900, as money dealers rushed to rid themselves off the currency. Ordinary folk joined the traders in bailing out, queuing up in front of street-corner exchange offices to offer bundles of rubles for dollars or deutsche marks. Shopkeepers shuttered their premises to mark up prices on par with the currency slump, and lines formed at gas stations as motorists tried to fill up their tanks before prices rose. By nightfall the ruble had lost 25 % of its value – the largest single-day decline since free-floating exchange rates were introduced in 1992.

President Boris Yeltsin, calling the currency crash ‚a threat to our national security', fired acting Finance Minister Sergei Dubinin, a critic of easing monetary policy, and asked parliament to dismiss central bank chairman Victor Gerashenko – who resigned, but only after a personal meeting with Yeltsin. Considered by many an obstacle to reform, Gerashenko had balked at spending scarce hard-currency reserves to prop up the ruble as it went into free fall.

The following day after the central bank intervened, the ruble rebounded, and by week's end had climbed back to 2988 to the dollar. To some extent the panic-fueled plunge reflected the gap between the Yeltsin government's promise of radical economic reform and its performance, as well as its persistence in printing rubles to subsidize ailing state industries and farms.

In the next few weeks parliament must still consider the fate of Gerashenko and vote on the economic stewardship of Prime Minister Victor Chernomyrdin. In the meantime, the Russian public has already made its views known: as of last week, half the population is thought to be holding savings in U.S. dollars rather than rubles."

Jelzin hatte eine rasche wirtschaftliche Genesung versprochen. Roman Berger (Moskauer Korrespondent des Tages-Anzeigers von 1991 bis 2001) stellt in einem Artikel „Eine andere Welt" fest, dass in Wirklichkeit keine wirtschaftliche Genesung stattfand, sondern ein Zerfall, mindestens ein Drittel der Bevölkerung verarmte. Monatelang wurden kein Sold, keine Renten und Löhne mehr bezahlt. Die russische Wirtschaft funktionierte nur noch dank Bartergeschäften. Jelzin stand unter dem Druck des Internationalen Währungsfonds (IWF) und anderer Kreditgeber und regierte nur noch über Dekrete.

Arbeitslosigkeit und Armut gehören bis heute zum Alltag vieler Menschen in Russland. Noch immer muss ein knappes Drittel der Bevölkerung mit Einkünften unterhalb des Existenzminimums auskommen. Während Moskau in der zweiten Hälfte der 1990er-Jahre zu boomen begann, droht auf dem Land die Verarmung vieler Gegenden.

In einem Rechenschaftsbericht der Weltbank aus dem Jahr 2001 heißt es, man habe Russland zu stark aus dem makroökonomischen Blickwinkel betrachtet. Russlands heutiges Malaise müsse durch „spezifische kulturelle und historische Erblasten" dieses Landes erklärt werden, die von der Reformpolitik zu wenig berücksichtigt worden seien. Bei diesen „historischen Erblasten" handelt es sich immerhin um eine Geschichte von tausend Jahren Despotie und siebzig Jahren Kommunismus. 2001 bedeute eben kein „Ende der Geschichte".

Antrag an die Konzernleitung im Dezember 1993 für ein Verhandlungsmandat

Ich erinnere mich noch, dass Tres Pestalozzi Mitte Dezember 1993 einen Antrag an die Konzernleitung verfasst hatte. Soviel ich weiß, erklärte er darin unter anderem, dass sich „Holderbank" die Möglichkeit biete, mit einem erfolgreichen Partner in den russischen Markt einzusteigen. Die hohe Unsicherheit (politisch, wirtschaftlich und rechtlich) verlange ein unkonventionelles Vorgehen (Venture Capital), da eine Machbarkeitsstudie im gewohnten Sinne zum jetzigen Zeitpunkt gar nicht möglich sei.

Tres ging davon aus, dass die wirtschaftlichen Entwicklungschancen (Rohmaterial, Energie usw.) von Russland positiv zu bewerten seien. Vermutlich erwähnte er auch, dass es sich gezeigt habe, dass ein ausländischer Investor bei der Privatisierung kaum selbst mitmachen könne, sondern nur die Möglichkeit habe, Pakete zu übernehmen, die von privaten Investmentfonds durch das mühsame Einkaufen der Vouchers von den einzelnen Bürgern geschnürt wurden. Er muss auch erwähnt haben, dass eine aus einem Investmentfonds der Alfa-Bank und einem prominenten Zementmanager formierte Holding (Alfa Cement) Beteiligungen gekauft hatte, und zwar an allen aus deren Sicht interessant erscheinenden Werken, bei denen solche Beteiligungen erhältlich waren (diese werden neben dem Staat meist noch von der Belegschaft und in größerem Umfang vom Management gehalten).

Es bestand damals für Holderbank die Möglichkeit, sich durch eine Kapitalerhöhung an dieser Holding zu beteiligen, welche an der gesamten russischen Zementindustrie mit 51 Fabriken (diese beschäftigten schätzungsweise 50 000 Mitarbeiter) und einer jährlichen Zementkapazität von 80 Millionen Tonnen insgesamt 23 Prozent hielt. Es stand damals fest, dass eine Kapitalerhöhung der Holderbank zur Akquisition von weiteren Beteiligungen an den anvisierten Zementfabriken nach gemeinsamer Strategie verwendet werden sollte und nicht etwa zur Modernisierung der Werke. Es wurde uns damals erklärt, dass ein Anteil von 19 Prozent der Holderbank an dieser Holding (keine IAS-Konsolidierung) circa 7 Millionen US-Dollar kosten würde (mit Vorkaufsrechten). Die 19 Prozent entsprachen damals proportional dem Besitz von 3,8 Millionen Tonnen Kapazität.

Zur großen Erleichterung von Dominik und mir erhielt Tres dann tatsächlich ein Verhandlungsmandat für einen Einstieg über eine Partnerschaft (Joint Venture) mit Alfa Cement und dies auf der Basis der beantragten Investition von maximal 7 Millionen, was im Dezember 1993 einer Bewertung der Alfa Cement von ungefähr 36 Millionen US-Dollar entsprach. Die mutige Zustimmung der Konzernleitung zu diesem Verhandlungsmandat war nicht selbstverständlich, befand sich doch die russische Wirtschaft 1993 auf einer Talfahrt, die in diesem Jahr in einem Rückgang des Bruttoinlandsproduktes von ungefähr 15 Prozent endete. Aufgrund der großzügigen Geldpolitik wurde eine Hyperinflation geschaffen, welche im Jahr 1993 verheerende 900 Prozent! erreichte. Als kleiner Lichtblick schloss die Handelsbilanz dank der Energieexporte mit einem positiven Saldo von 10 Milliarden US-Dollar ab. Wir wussten, dass unter anderem auch ABB bereits mit elf Beteiligungen in Russland aktiv war, Coca Cola bei St. Petersburg eine neue Fabrik für 30 Millionen US-Dollar plante und Philip Morris für 60 Millionen US-Dollar die Mehrheit an einer Zigarettenfabrik in Krasnodar erworben hatte.

Unsere Studien hatten ergeben, dass infolge der stark zunehmenden Energie- und Personalkosten die Zementpreise von 2,5 USD/Tonne in den späten 1980er-Jahren auf über 20 USD/Tonne (Sack) im September 1993 gestiegen waren (Novorossjisk: 21 USD/Tonne, Zhigulevsk: 25 USD/Tonne) und in Moskau sogar den damals stolzen Preis von 35 USD/Tonne erreichten. Zement wurde damals durchschnittlich 492 Kilometer (Wert 1989) weit transportiert. Es war uns allen klar, dass sich die russische Zementindustrie durch einen technologisch und anlagetechnisch großen Nachholbedarf auszeichnete. Die Werke, meist in Baustoff-Kombinate eingegliedert, waren in der Regel patriarchalisch geführt und schlecht unterhalten.

Von Moskau nach Perm
(ein bedeutendes Industriezentrum) im Ural
und weiter nach Gornosavodsk im Januar 1994

Auf diese Reise mit Tres kam neben Dominik und mir noch ein weiterer Holderbank-Vertreter mit. Es war kalt in Moskau, weshalb ich vorsichtshalber die zivile Winterausrüstung in Form eines dicken Lammfellmantels und warmen hohen Schuhen und einer Skimütze bei mir hatte. Nach einem ruhigen Nachtessen im Hotel *Metropol* fuhren wir am darauffolgenden Tag mit einem Taxi ungefähr dreißig Kilometer nach Domodedovo, einer von mehreren Flughäfen Moskaus, der damals vor allem für Inlandsflüge genutzt wurde (heute ein großer internationaler Flughafen). Hier konnte sich niemand auf Englisch oder Deutsch verständigen. Da keiner von uns Russisch beherrschte, mussten wir uns dort im wahrsten Sinne durchschlagen, bis wir endlich in letzter Minute im richtigen Flugzeug am richtigen Platz saßen. Zu meinem Erstaunen war für meinen Stoffkoffer (flightbag) und das Gepäck meiner Kollegen weder rechts noch links oben im Flugzeug eine Gepäckablage vorhanden. Deshalb mussten die größeren Stücke unseres Reisegepäcks in den schmalen beiden Gängen abgestellt werden. Dies trug uns von den wenig dienstbeflissenen russischen Stewardessen strafende Blicke ein. Wie ich erst einige Zeit nach dem Abflug begriff, war unter dem schmalen und nicht gerade bequemen Sitz – der aufgeklappt werden konnte – etwas Platz für das Handgepäck, aber natürlich nicht für die Größe eines normalen Reisekoffers. Nach einer Weile verstand ich auch, weshalb alle Passagiere ihre Mäntel noch angezogen hatten, die Männer ihre Pelzmützen und die Frauen ihre Tücher auf dem Kopf behielten. Es hatte einfach nirgends sonst Platz und dazu betrug die Temperatur im Flugzeug kaum 10 Grad Celsius. Mit Erleichterung nahmen wir nach zwei Stunden zur Kenntnis, dass wir in Kürze in Perm landen würden. Als das Flugzeug zum Stillstand kam, schnellten wir mit Erleichterung aus unseren Sitzen, stellten aber sofort fest, dass die übrigen Passagiere sitzen blieben und uns mit vorwurfsvollen Blicken bedachten. Wir wussten eigentlich nicht, was wir falsch gemacht hatten, doch schlichen wir alle wie nasse Pudel wieder auf unsere Sitze zurück. Es dauerte noch eine ganze Weile, bis sich die Türe zum Cockpit öffnete und der Kapitän und sein Copilot sich wortlos an den Passagieren vorbei zum Ausgang begaben. Erst jetzt fingen die russischen Passagiere an, sich zu bewegen und mit ihrem unter den Sitzen korrekt verstauten Gepäck in aller Ruhe dem Ausgang zuzustreben.

Wir befanden uns jetzt im Ural, einem Gebirge, das 2100 Kilometer lang ist und sich in Nord-Süd-Richtung erstreckt. Die Stadt Perm, die an der Kama liegt, besitzt fast eine Million Einwohner. Sie liegt 1150 Kilometer Luftlinie nordöstlich von Moskau. In Perm befand sich das berüchtigte Kriegsgefangenenlager *207* für deutsche Kriegsgefangene. In der Nachkriegszeit gab es ein großes Gulag-Lager mit insgesamt 12 000 Insassen, die für den Bau von Fabriken und Straßen eingesetzt wurden. Der berühmte russische Schriftsteller und Dissident Alexander Solschenizyn musste hier einige Jahre im Gulag, dem grässlichen Lagersystem des sowjetischen Diktators Josef Stalin, verbringen, weil er sich in der Feldpost abfällig über Josef Stalin geäußert hatte. Bis 1991 war Perm wegen seiner Rüstungsbetriebe eine für Ausländer ohne Sondergenehmigung geschlossene Stadt, wobei die Durchfahrt mit der Transsibirischen Eisenbahn möglich war. Ein ländliches Anwesen nahe der Stadt diente als Vorbild für einen wichtigen Handlungsschauplatz des Romans Doktor Schiwago von Boris Pasternak.

Vor der Flughalle warteten um 22.00 Uhr zusammen mit Kharif vier Vertreter der Zementgesellschaft Gornosavodsk auf uns. Es schneite kräftig und am Boden lagen bereits dreißig Zentimeter Neuschnee. Die Temperatur bewegte sich ungefähr bei minus 20 Grad Celsius und es war deutlich kälter als in Moskau.

Wir befanden uns jetzt im Uralgebirge – und zwar nicht allzu weit von der geografischen Grenze zwischen Europa und Asien. Die Fabrikvertreter hielten zwei französische Kastenwagen Marke Citroën (angeblich ein Geschenk unseres internationalen Konkurrenten Ciments Français) für den Transport direkt nach Gornosavodsk bereit. Einer der beiden Wagen war mit Proviant ausgestattet und diente gleichzeitig als Reservewagen. Nach der kurzen, aber sehr freundlichen Begrüßung mit russischer Umarmung ging es sofort weiter von Perm in die tief verschneite Winterlandschaft hinaus. Schon bald war außer endlosen Flächen von Birkenwäldern nichts mehr zu sehen. Diese wollten einfach nicht aufhören, und die Straße war mit Ausnahme von militärischen Lastwagen, welche ab und zu auftauchten, komplett menschenleer. Nach etwas mehr als einer Stunde befanden wir uns vor einer Barriere, die vom Militär mit Maschinenpistolen bewacht wurde. Wir kamen hier problemlos durch und legten bald am Straßenrand einen Zwischenhalt in der Einsamkeit ein. Aus dem „Reservewagen" wurden uns warmer Kaffee, Würstchen, Brot und Gebäck offeriert. Da es im russischen Flugzeug praktisch nichts zu essen gegeben hatte, freuten wir uns auf diese Zwischenverpflegung. Es schneite immer noch und war außerdem bitterkalt. Ich stellte mir die hungrigen Wölfe vor, die jetzt in den mir unendlich weit erscheinenden Wäldern nach Futter suchten und die feinen Brötchen und Würstchen vielleicht schon gerochen hatten. Tief sitzt bekanntlich die Angst des Menschen vor dem Wolf. Ich wusste damals nicht, dass es in Russland erlaubt ist, ganzjährig Wölfe zu töten, also zu schießen, in Fallen zu fangen und zu vergiften. Eine einträgliche Sache, da die Regierung eine hohe Prämie für jeden toten Wolf bezahlt. In Russland leben nach der Statistik noch etwa 280 000 Wölfe, erheblich weniger als in Kanada. Es ging dann – ohne einen Wolf zu sichten – noch drei Stunden weiter durch die nie enden wollenden Birkenwälder, wobei wir von Zeit zu Zeit an beleuchteten Fabriken vorbeikamen, wie eine Erdöl verarbeitende Fabrik oder eine solche anderer Art (Abbau von Erz oder Platin). Schlussendlich kamen wir heil im Schneegestöber am Zielort in Gornosavodsk an, einer Stadt mit 12 000 Einwohnern. Die Stadt liegt etwa 190 Kilometer nordöstlich von Perm. Das wichtigste Unternehmen ist das gleichnamige Zementwerk. Am folgenden Tag besichtigten wir das Zementwerk, das keinen schlechten Eindruck machte, jedoch nicht an westliche Standards herankam und wie alle russischen Zementfabriken größere Investitionen zur Effizienzsteigerung benötigte.

Im Konferenzraum von Kharif führten wir anschließend Verhandlungen durch und an einer Wandtafel wurden die momentanen Beteiligungen des Alfa-Investmentfonds aufgeführt und von mir fotografiert:

Gornosavodsk (2,8 Mio t)	49 %
Volsk (2,6 Mio t)	40 %
Suchoi Log (2,7 Mio t)	20 %
Novoross (3,9 Mio t)	9 %
Zhigulevsk (1,8 Mio t)	5 %
Topli (2,9 Mio t)	3 %
Nevjansk (1 Mio t)	1 %
Spassk (2,3 Mio t)	0 %

Wir stellten fest, dass sich im Portefeuille der Alfa Cement kein einziges Werk in der bedeutenden Region Moskau befand, weshalb hier in erster Priorität eine Beteiligung gesucht werden musste. Es wurde von den Mitarbeitern des Alfa-Investmentfonds berechnet, dass für *7,8 US-Dollar* die folgenden zusätzlichen Beteiligungen gekauft werden könnten:

Gornosavodsk	+ 10 %
Volsk	+ 11 %
Suchoi Log	+ 15 %
Neviansk	+ 20 %
Moscowa Region: Terminal	

Für *weitere 7,5 US-Dollar* zusätzliche Beteiligungen an:

Suchoi Log	+ 16 %
Novoros	+ 30 %
Neviansk	+ 5 %
Spassk	+ 5 %
Moscowa Region Terminal	+ 51 %

Mittlerweile war auch Tres Pestalozzi von der einmaligen Möglichkeit, ganz billig zu interessanten Zementbeteiligungen für Holderbank zu kommen, ziemlich begeistert. Dominik und ich wurden deshalb zuversichtlicher, dass sich schlussendlich noch ein vernünftiger Deal mit dem Alfa-Investmentfonds ergeben könnte, welcher eine reelle Chance hätte, von der „Holderbank"-Konzernleitung genehmigt zu werden.

Nach Abschluss der Verhandlung mit dem Investmentfonds wurden wir eingeladen, die Wohnhäuser der Arbeiter und die dazugehörenden Einkaufsläden zu besichtigen. Es handelte sich um graue, mit vorfabrizierten Betonwänden gebaute, fünfstöckige Wohnhäuser, deren Qualität und Baustandard dem sozialen Wohnungsbau in einem Drittweltland entsprachen. Von einem Arbeiterparadies konnte jedenfalls wahrlich nicht die Rede sein. Die Wohnungen waren absolut winzig, dafür hatte jede Familie etwas außerhalb der Stadt eine kleine Datscha, wo ab dem 1. Mai (es gibt an diesem Datum in Russland eine Ferienbrücke) Gemüse angepflanzt wurde und die Kinder sich austoben konnten. Ferner besichtigten wir die Sozialeinrichtungen mit Schwimmbad, Sanatorium, Kindergarten, Kantine und Sauna für die Arbeiter. Diese Einrichtungen waren großzügig ausgelegt, jedoch ebenfalls von einem äußerst niedrigen Qualitätsstandard. Wir wurden dann in die Sauna für die obersten Manager der Fabrik eingeladen. Es war uns dabei klar, dass wir hier einfach mitmachen und vortäuschen mussten, dass wir uns den ganzen Tag auf diesen Moment gefreut hätten. Die Russen genossen jene luxuriöse Dienstleistung mit bereits aufgewärmter Sauna und den sauberen Tüchern und Bademänteln für alle Teilnehmer ebenso wie die von einer Fabrikangestellten vor unserem Eintritt in die Sauna vorbereiteten Häppchen und die verschiedenen Getränke. Die tapferen Eidgenossen hatten jedoch nicht den Mut, es den Russen in allem gleichzutun – nämlich alle fünfzehn Minuten die Sauna nackt zu verlassen und sich in den fünf Metern vor der Sauna aufgeschichteten Schneehaufen zu wälzen. Dies schien für die Russen ein ganz besonderes Vergnügen zu sein. In der Zementfabrik von Gornosavodsk – wie in allen übrigen Zementanlagen, die wir später besuchten – hatte sich trotz des Untergangs der Sowjetunion bis dahin praktisch noch überhaupt nichts geändert. Das tägliche Leben der Menschen ging in der Provinz so weiter, wie es während der letzten Jahre der Sowjetunion gewesen war. In Moskau war der Wandel vom alten zum neuen Wirtschaftssystem viel schneller und tief greifender sichtbar.

In Perm besuchten wir zusammen mit Kharif dann noch den Vizegouverneur der Region Perm, ebenfalls ein Freund von Kharif. Bevor wir uns auf dem Flugplatz verabschiedeten, schauten wir uns alle den großen Bahnhof von Perm mit den vielen ein- und aussteigenden Passagieren in russischen Winterkleidern an. Im Bahnhof von Perm hatte es auch eine Station der Transsibirischen Eisenbahn.

In Moskau angekommen, unternahmen wir zur Erholung einen kleinen Spaziergang, wobei wir an der bekannten Manege (Manesch) einer riesigen ehemaligen Reithalle vorbeikamen, die sich ungefähr zehn Minuten zu Fuß von unserem Hotel *Metropol* entfernt befand. Dieser klassizistische Bau mit dorischen Halbsäulen um das ganze Gebäude herum wurde von Zar Alexander I. nach dem Sieg über Napoleons „Grande Armée" gebaut. Zweitausend Soldaten sollten darin zum Gedenken an den Sieg von 1812 zur Parade antreten können. In besagtem Gebäude fand an diesem Nachmittag aber keine Parade statt, sondern gerade eine Voucher-Auktion. Wir erfuhren jedoch nicht, um welches Unternehmen es sich bei der Versteigerung handelte.

Im Bahnhof in Perm anfangs März 1994

Im Werk Gornosavodsk Ende Februar 1994:
Der Autor inspiziert einen Zementofen.

Der Deal: Wie der Entwurf für einen Beteiligungsvertrag mit Alfa Cement langsam unterschriftsreif wurde (Januar bis Mai 1994)

Dominik W. beschreibt dieses Kapitel wie folgt:
„Aufgrund der Unsicherheiten des russischen Rechtssystems versuchten wir, möglichst viele Sicherheiten in den Beteiligungsvertrag zu packen. Deshalb folgte eine Phase intensiver Verhandlungen über die Konditionen und Bedingungen einer Holderbank-Beteiligung. Die Gespräche mit Alexandrov gestalteten sich einfach, da dieser wegen seiner Studienzeit in Passau fließend Deutsch sprach. Mit dem Team von Kharif war die Kommunikation schon schwieriger, da dort niemand des Englischen mächtig war. Bei Meetings mussten wir immer einen externen Übersetzer anheuern, was einerseits mit einem gewissen logistischen Aufwand verbunden war, und – je konkreter unser Investment wurde – auch Risiken hinsichtlich der Vertraulichkeit mit sich brachte. Anatoli, ein professioneller Übersetzer mit eigener Agentur, machte seinen Job zwar ausgezeichnet, indem er in den Gesprächen auch auf Feinheiten der kulturellen Unterschiede zwischen Russland und dem Westen einging. Er arbeitete früher sogar als Übersetzer bei Gesprächen zwischen Gorbatschow und Frau Thatcher. Trotzdem konnte Anatoli keine Dauerlösung sein und Alfa Cement machte sich auf die Suche nach einem neuen Mitarbeiter, der unter anderem auch übersetzen konnte.

Während eines Moskauaufenthalts mit Tres sichten wir in der Lobby des Hotels *Metropol* zwei Franzosen von Ciments Français in Begleitung eines Russen. Etwa drei Wochen später beim nächsten Besuch in Moskau präsentiert uns Kharif einen Herrn Savitski als neuen Mitarbeiter von Alfa Cement, der fortan alle unsere Gespräche übersetzen und die Verhandlungen begleiten wird. Dabei handelt es sich um die gleiche Person, die wir vor Kurzem in Begleitung unseres Konkurrenten ‚Ciments Français' gesichtet hatten, was mich äußerst irritiert. Als erste Reaktion befürchte ich eine Art Komplott und spreche Kharif unter vier Augen darauf an. Dieser beschwichtigt uns sofort und erklärt, dass Savitski von seiner Zeit als Botschaftsangestellter in Paris Kontakte zu Ciments Français besitzt, jetzt aber ausschließlich für Alfa Cement arbeiten wird. Zudem kennt Kharif Savitski offenbar schon länger und vertraut ihm.

Savitski sprach sehr gut Englisch und Französisch. Mithilfe seiner Erfahrung als Botschaftsangestellter in Paris gab er sich stets als weltgewandter ‚Connaisseur'. So reichte er beispielsweise dem Kellner eines guten Restaurants, in dem wir mit der russischen Delegation einmal in Zürich zu Abend aßen, die Pfeffermühle, welche auf dem Tisch stand, zurück und bat ihn, eine Mühle mit nur roten Pfefferkörnern zu bringen. Von Anbeginn gehörte Savitski zum engsten Vertrautenkreis von Kharif, der bei jeder Besprechung teilnahm. Seine Kenntnisse der westlichen wie der russischen Welt halfen wesentlich mit, ein gegenseitiges Verständnis und Vertrauensverhältnis zwischen Holderbank und Alfa Cement aufzubauen. Allerdings wurden wir den Verdacht nie los, dass er seinerzeit als KGB-Vertreter auf der Botschaft der Sowjetunion in Paris weilte.

Der Text des Beteiligungsvertrages ist Hauptgegenstand der Verhandlungen mit unseren russischen Partnern. Wir erarbeiten diesen vorwiegend mit Alexandrov in zahlreichen Meetings in Moskau. Zum Teil sitzen wir direkt zusammen am Computer und schreiben den Text oder wir brüten zusammen mit den Anwälten über die Art, wie gewisse Bedingungen integriert oder formuliert werden können. Alexandrov betreibt intensives Bodybuilding und braucht deshalb in relativ kurzen Abständen regelmäßig Kalorienzufuhr. Fehlt ihm diese, leidet er unter einer Hungerrast und seine Konzentration wird stark eingeschränkt. Wir versuchen diese Schwäche immer wieder schamlos auszunutzen, indem wir die Verhandlung möglichst in die Länge ziehen und Pausen zu verhindern versuchen.

Diese Entwürfe werden dann bei Alfa Cement und Holderbank jeweils intern besprochen und anschließend im größeren Kreise wieder bereinigt. Eine solche Verhandlungsdelegation von Alfa Cement weilte im April 1994 mit Kharif in der Schweiz. Wir nutzten die Sitzungsräume im Büro von Dr. Anton E. Schrafl (Vizepräsident des

Verwaltungsrates der Holderbank) in Zürich. An diesem Nachmittag fand in den Straßen Zürichs gerade der ‚Sechseläuten-Umzug' statt. Es handelt sich um ein Frühlingsfest in Zürich, das Mitte April stattfindet. Im Mittelpunkt des Festes steht die Figur des Böög, ein künstlicher Schneemann, der den Winter symbolisiert. Rund 3500 Zünfter in ihrem farbigen Kostümen, Trachten und Uniformen, ihre Ehrengäste, über 350 Reiter, rund 50 ausschließlich von Pferden gezogene Wagen und gegen 30 Musikkorps ziehen im Kontermarsch durch die Bahnhofstraße und das Limmatquai zum Sechsläutenplatz beim Bellevue. Zünfter und Ehrengäste werden von den Zuschauern mit Blumen und Küssen beschenkt. Dieser Böög wird dann am Schluss auf einem großen Scheiterhaufen verbrannt. Toni Schrafl nahm – wie jedes Jahr – an diesem Anlass als Mitglied der Gesellschaft zur Constaffel teil. Am späteren Nachmittag schneite Anton E. Schrafl unerwartet ins Sitzungszimmer neben seinem Büro hinein und traf uns dort während der Verhandlungen mit Alfa Cement. Wie alle Teilnehmer des Umzugs war auch er in eine bunte, mittelalterliche Tracht gekleidet und geschmückt mit einem großen Schlapphut. Derrick stellte Schrafl als unseren Vizepräsidenten des Verwaltungsrates vor und genoss die verdutzte Reaktion der Russen auf diesen für sie bizarren Auftritt, bevor ich sie dann über den Hintergrund seiner Kostümierung aufklärte. Als wir ihnen weiter erklärten, dass früher die Gesellschaft zur Constaffel und die Zünfte nicht nur wirtschaftliche und politische, sondern auch militärische Organisationen waren, stieg das Ansehen des Holderbank-Vizepräsidenten wieder an."

Nochmals in klirrender Kälte im Ural (Februar/März 1994) – das Klima schreibt Geschichte

Im Februar/März 1994 wollte Tres in aller Ruhe nochmals den technischen Zustand der Fabrik in Gornosavodsk genauer unter die Lupe nehmen im Hinblick auf die geplante Unterzeichnung des Vertrags mit Alfa Cement. Aufgrund meiner Erfahrungen mit dem russischen Winter, der im März noch lange nicht vorbei ist, kam ich diesmal mit einer richtigen Winterausrüstung nach Moskau (langer Lammfellmantel, warme Skimütze und Winterstiefel). Dominik musste in Moskau bleiben und die Verhandlungen über gewisse Details weiterführen. Es ging eigentlich alles gut auf dieser anstrengenden und unangenehmen Reise mit einem russischen Inlandsflug nach Perm und von dort per Auto durch die unendlich weiten und tief verschneiten ewigen Birkenwälder. Beim Herummarschieren in der Fabrik und in der Nähe der heißen Drehöfen der Zementfabrik war die Kälte noch einigermaßen erträglich. Am späten Nachmittag fand wiederum die übliche Sauna-Runde als verdienter Abschluss statt und von Kälte war nicht mehr die Rede. Am nächsten Morgen fuhren wir die mehr als vier Stunden auf der verschneiten und vereisten Strecke mit einer Geschwindigkeit von hundert Kilometern pro Stunde in einem Citroën-Kastenwagen mit dem Chauffeur der Fabrik in Richtung Perm zurück. Die Heizung im Wagen funktionierte nicht. Glücklicherweise behielt ich die oben beschriebene Kleiderausrüstung im Fond des Autos an und trotzdem fror ich in diesem Auto wie nie zuvor im Leben und verdrängte dabei die wirklich gefährliche Autofahrt. Zum Zeitpunkt des Abflugs in Moskau betrug die Temperatur knapp minus 20 Grad Celsius, im Ural war es noch fünf Grad kälter. Da mir die vom Fahrer eingeschlagene hohe Geschwindigkeit lebensgefährlich vorkam, schlug ich Tres Pestalozzi im Scherz vor, ob er nicht für einige Zeit das Steuer selber übernehmen möchte. Tres ging auf diesen Vorschlag ein und erklärte dem Fahrer seine Absicht; der Wagen hielt an und Tres saß nun am Steuer, der Fahrer neben ihm. Ich nutzte den kurzen Halt aus, um am Straßenrand einen einminütigen Indianertanz aufzuführen, in der Absicht, mich etwas zu erwärmen. Erstaunlicherweise beklagte sich Pestalozzi nie über die Kälte. Er fuhr langsamer als der Fahrer der Fabrik, hatte aber mit solch miesen Wetterverhältnissen im Ural keine Erfahrung, sodass sich meine Ängste über die gefährliche Fahrt trotz Fahrerwechsel nicht verflüchtigten.

In der mindestens noch drei Stunden dauernden Fahrt nach Perm dachte ich an das Klima in Russland, das wesentlich dazu beitrug, dass sowohl die Armee Napoleons als auch diejenige Hitlers den Rückzug mit riesigen Verlusten antreten musste.

Napoleons Russlandfeldzug fand 1812 statt, als Zar Alexander I. Russland regierte. Der Einzug des französischen Kaisers in Russland war mit einer außergewöhnlichen Hitze verbunden. Zahlreiche Soldaten und Pferde erlitten Hitzschlag. Danach folgte anfänglich ein milder Winter (Mitte Oktober bis 6. November) und trotz blutiger Verluste bei Borodino marschierten die Franzosen am 14.11.1812 in Moskau ein. Die Stadt – von den Russen selbst angezündet – brannte jedoch bereits lichterloh. Der eigentliche Wintereinbruch erfolgte am 7.11.1812 und bereits am 14.11.1812 waren es schlagartig minus 28 Grad Celsius. Viele Soldaten wurden krank und die Truppe war demoralisiert. Am 19.11.1812 gibt Napoleon den Befehl zum Rückzug. Bereits zwei Drittel der „Grande Armée" sind gefallen. Durch Schnee und Eis brechen zahlreichen Soldaten und Pferden die Beine. Der Nachschub von Verpflegung und Bekleidung funktionierte nicht mehr. Von drei russischen Armeen umzingelt, erreichte die französische Armee am 21.11.1812 das Ostufer der Beresina, einem Nebenfluss des Dnjepr. Infolge gesprengter Brücken und Treibeis verzögert sich der Übergang über die Beresina. Von vier Schweizerregimentern der Division Merle sind von anfänglich 8000 Mann noch 1300 übrig. Diese müssen den Rückzug der Franzosen über die Beresina sichern. Am Morgen des 28. November stellen sich die Schweizer dem Kampf. Mangels Munition unternehmen die Schweizer Bajonettangriffe und ermöglichen so den Divisionen Legrand und Maison, wieder die Oberhand zu gewinnen. Nach acht Schweizer

Bajonettvorstößen schien die zuvor immer größere Anzahl nachsetzender Russen ihr Vorhaben aufzugeben. Nur 300 Schweizer traten zum letzten Appell an. Das „Beresinalied" wurde schließlich zum Symbol des Opfergangs.

Von ursprünglich 610 000 Soldaten fallen mehr als zwei Drittel im Russlandfeldzug, also nur jeder Dritte überlebt den Krieg. Weitere 160 000 französische Soldaten werden bis 1814 von den Russen gefangen gehalten.

Hitler begann seinen geplanten 9- bis 17-wöchigen Blitzkrieg (Unternehmen Barbarossa) am 22. Juni 1941. Das Hauptziel war Moskau. Da es sich um einen Sommerfeldzug handeln sollte, wurden die von Napoleon gemachten Erfahrungen des russischen Klimas nicht berücksichtigt. Vom Überraschungsmoment begünstigt, stießen die drei deutschen Heeresgruppen gemäß dem Angriffsplan „Barbarossa" schnell nach Osten vor. Anfang September schnitt die von Ostpreußen durch die baltischen Staaten vorgerückte Heeresgruppe Nord der Stadt Leningrad (St. Petersburg) sämtliche Landverbindungen ab. Hitler wollte die Stadt aushungern. Trotz einer 900 Tage dauernden Belagerung konnte jedoch der Widerstandswille der Eingeschlossenen nicht gebrochen werden. Am 8. September, also vor 70 Jahren, schlossen gemäß NZZ vom 3.09.2011 (Nr. 205) deutsche und finnische Truppen den Belagerungsring um Leningrad, der zweitgrößten Stadt der Sowjetunion. Die Drei-Millionen-Metropole wurde von sämtlichen Versorgungswegen abgeschnitten. Das war der Anfang der 872-tägigen Blockade (1941–1944), eines der größten Verbrechen in der modernen Geschichte. Die Menschen starben meist durch Hunger, aber auch durch Kälte und Artilleriebeschuss und Luftangriffe. Die Zahl der Opfer (zivile Bewohner) wird auf 1,1 Millionen geschätzt. Hitler hatte in einer geheimen Weisung Nr. Ia 160/41 vom 26.09.1941 festgehalten, dass die Stadt St. Petersburg vom Erdboden zu vertilgen sei. Nach dem Sieg über Sowjetrussland werde es für das Weiterbestehen dieser Stadt nicht mehr den geringsten Anlass geben.

Doch bereits im Oktober 1941 kamen die Truppen, die auf Moskau vorstießen, infolge von Schlamm (grundlosen Wegen) nur sehr langsam vorwärts. Unter großen Verlusten brachten es deutsche Truppen bis kurz vor Moskau. Der Vorstoß stockte aufgrund des herbstlichen Schlammes und des verstärkten Widerstands der Roten Armee fast völlig. Auch die zweite Offensive der Wehrmacht scheiterte. Am 5. Dezember 1941 startete die Rote Armee eine groß angelegte Gegenoffensive, die zum Rückzugsbefehl der Truppen vor Moskau von Hitler am 15. Januar 1942 führte. Anfang Dezember brachten Schnee und eisige Temperaturen den Angriff vollständig zum Erliegen. In überheblicher Erwartung eines „Blitzsieges" war die Mehrheit der deutschen Verbände nicht mit Winterkleidung und wintertauglicher Rüstungstechnik ausgestattet. Die Ausfälle durch Erfrierungen überstiegen die Kampfverluste. Bereits Ende 1941 hatte die Wehrmacht mit über 220 000 Toten und 620 000 Verwundeten gewaltige, kaum zu kompensierende Verluste. Bis Mai 1945 waren es knapp 3,5 Millionen deutsche Soldaten, die für den Größenwahnsinn des NS-Regimes an der Ostfront ihr Leben ließen. Die russischen Opfer beziffern sich auf 20 Millionen, wovon 14 Millionen Soldaten und 6 Millionen Zivilisten waren. Im Februar 1942 waren von den ursprünglich 3,9 Millionen in Gefangenschaft geratenen Soldaten der Roten Armee nur noch 1,1 Millionen am Leben. In überfüllten Lagern hinter Stacheldraht zusammengepfercht, ließ man sie einfach an Hunger und Krankheiten sterben.

Trotz des raschen deutschen Vormarschs hatten die Sowjets 1941 einen Großteil ihrer Rüstungsbetriebe in den Ural und nach Sibirien in Sicherheit verlagert. Mit der Offensive von frisch herangeführten sowjetischen Verbänden begann in der Winterschlacht 1941/42 der sich über mehrere Jahre hinziehende Rückzug der Wehrmacht nach Westen.

Auf dem Weg vom Flugplatz Sheremetyevo in die Stadt Moskau sahen wir bei unseren Besuchen jeweils das Denkmal (aufgeschichtete Stahlbalken), welches anzeigte, wie weit vor Moskau die deutschen Truppen vorgestoßen waren, ehe sie den ruhmlosen Rückzug antreten mussten.

Die gefährliche Autofahrt auf Schnee und Eis von Gornosavodsk nach Perm verlief glücklicherweise ohne Probleme und schlussendlich kamen wir von Perm per Flugzeug wieder heil in Moskau an. Hier waren wir diesmal nicht im Hotel *Metropol* untergebracht, sondern in einem anderen sehr schönen Hotel: im *National,* das an der Kreuzung der Straßen Mokhovaya und Tverskaya liegt, und zwar gegenüber des majestätischen Kreml-Komplexes und in unmittelbarer Nähe zur Basilius-Kathedrale mit ihren charakteristischen Zwiebeltürmen. Später bezogen wir noch einige Male dieses Hotel.

„Holderbank"-Bodyguards –
Mieten einer Stretchlimousine 1994

Nachdem in der Presse wieder einmal über die Mordserie an russischen Geschäftsleuten berichtet wurde, befürchtete Tres Pestalozzi, auf unserer nächsten Russlandreise ebenfalls zur Zielscheibe der Mafia zu werden. Hinzu kam, dass wir alle, was die Sicherheit betraf, durch die Manager der Alfa-Bank sensibilisiert waren. Diese benutzten nämlich gepanzerte Fahrzeuge und Bodyguards, wechselten regelmäßig ihre Autos und fuhren täglich auf einer andern Route zur Arbeit. Über den Sicherheitsberater der Holderbank organisierte Tres dann Begleitschutz für den Aufenthalt in Moskau.

Bei unserer Ankunft in Moskau wurden wir daraufhin von zwei gestählten Bodyguards abgeholt und fortan auf der ganzen Reise nicht mehr aus den Augen gelassen. Bevor wir den Wagen bestiegen, durchsuchten sie diesen und untersuchten, ob sich darunter keine Bombe befand. Während der Nacht stellten sie sich vor dem Hotelzimmer auf. Paradoxerweise erweckte diese Begleitung aber überall, wo wir hinkamen, Aufmerksamkeit. Wenn wir mit unseren Bodyguards ein Restaurant betraten, schauten alle Gäste gleich auf und vermuteten wichtige Persönlichkeiten. Insofern war die ganze Übung eher kontraproduktiv. Wollte uns jemand niederschießen, hätten unsere Schutzengel das nicht verhindern können. Im besten Fall boten sie Schutz gegen eine Entführung.

Als wir mit Tres im Herbst 1994 wieder einmal in Moskau waren und vor einem dicht gedrängten Programm mit vielen Sitzungen mit Kharif, unseren Anwälten, der International Finance Corporation (IFC, eine Tochter der Weltbank) und verschiedenen Behörden standen, beschlossen Dominik und ich, für diese Zeit einen repräsentativen Wagen zu mieten, um Tres einen möglichst guten Eindruck von Russland zu vermitteln. Allerdings war nur noch eine amerikanische Stretchlimousine verfügbar (umgebauter Lincoln Town Car) mit mehr als zehn Metern Länge – ein Wagen, wie ihn die etablierte Mafia bei ihren Erpressungen und sonstigen Geschäften gerne benützte. Das mit dunklen Fenstern ausgestattete Fahrzeug war sehr bequem und hatte zwischen den geräumigen Sitzen Kistchen mit Getränken verschiedener Sorten und Snacks. Nachdem wir die schweizerische Bescheidenheit überwunden hatten und uns wie Mafiosi oder Oligarchen aufführten, mussten wir laut über uns selber lachen und kamen uns mindestens wie sehr wichtige VIPs – allerdings ohne Blaulicht auf dem Dach des Wagens – vor.

Als wir nach Abschluss der letzten Sitzung mit Savitzki als Fahrer auf den Flugplatz wollten, um noch am selben Abend in die Schweiz zurückzukehren, waren die Straßen in der Innenstadt hoffnungslos verstopft. Es schien unmöglich, bei diesem Verkehr rechtzeitig auf den Flugplatz zu kommen. Savitzki merkte, dass wir deswegen ziemlich nervös wurden, fuhr mit dem großen Wagen der Alfa-Bank auf den Gehsteig hinauf und holperte dort ungefähr vierhundert Meter weiter ohne Rücksicht auf die Fußgänger. Moral von der Geschichte: Der Fußgänger in Moskau hat überhaupt keine Rechte, sei es auf dem Zebrastreifen oder auf dem Gehsteig. Mit diesem rücksichtslosen Vorgehen konnte Savitzki jedoch mindestens sechzig Autos rechts überholen. Auf diese Weise war es jedoch möglich, rechtzeitig auf eine der breiten Ausfallstraßen der Stadt zu gelangen, wo der Verkehr flüssiger war und es uns deshalb tatsächlich gelang – wenn auch in der letzten Minute –, die Swissair-Maschine zu besteigen.

Sadko – das erste (Luxus-)Shoppingcenter in Moskau – Erpressungen der Mafia

Sadko ist der Name eines Helden aus der gleichnamigen Geschichte einer russischen Sage. Sie handelt davon, wie Sadko durch den Meereskönig zu Reichtum kommt und ihm später auf dem Meeresgrund in die Fänge gerät, worauf er sich mithilfe des heiligen Nikolaus befreien kann. Rimski-Korsakow verfasste eine gleichnamige Oper aus sieben Bildern.

Unsere russischen Freunde erklärten uns, wir sollten uns unbedingt das erste Shoppingcenter (Sadko Arcade) in Moskau anschauen, wir würden dann mit eigenen Augen sehen, dass in Russland eine neue Ära angebrochen war. Wir ließen uns nicht zweimal bitten, sondern besuchten bei der ersten Gelegenheit diesen Ort des wirtschaftlichen Aufbruchs. Erst vor Ort fanden wir heraus, dass Sadko ein russisch-schweizerisches Joint Venture war (eine hundertprozentige Beteiligung war damals nicht möglich). Der Hauptaktionär war die Hopf Service AG (Bon Appetit Group) in Zürich-Glattbrugg. Sadko war aktiv im Retail (Food and Non-food), besaß neben sieben „High-end"-Läden auch neun Restaurants, darunter ein typisch schweizerisches Restaurant mit Raclette und Fondue und Folkloredekor. Im Endausbau umfasste es neunzehn Läden (High-end Fashion, Supermarkets, Confiserie, Bäckerei und eine Metzgerei). Das Sadko-Shoppingcenter hatte eigene Lager und importierte alles selber mit 450 Lastwagen. Da es 1993/94 nur wenige westlich getrimmte Läden und Restaurants gab, war dieses Shoppingcenter für die reichen Russen ein absolutes „must". Ich erinnere mich an sehr luxuriöses Kinderspielzeug (kleine Autos und riesige Bären), die sich für Tausende von US-Dollar bestens verkaufen ließen.

Sadko gelangte zu Reichtum und geriet eines Tages in die Fänge des Meereskönigs. Die moderne Fassung der russischen Sage spielte sich folgendermaßen ab: Es erschienen einige dunkel gekleidete

Männer im Büro der Sadko-Geschäftsleitung, legten eine Maschinenpistole auf den Tisch und verlangten für einmal nicht das übliche Schutzgeld. Sie schlugen freundlich, aber sehr bestimmt einen neuen Deal vor, und zwar sollte eine Aktienerhöhung umgehend durchgeführt werden, wobei der Schweizer Anteil gleich bleiben sollte, der russische Anteil jedoch wesentlich erhöht, sodass die russischen Partner eine klare Mehrheit am Joint Venture gehabt hätten. In dieser Notsituation entschloss sich Sadko, den heiligen Nikolaus um Hilfe anzurufen. Der damalige Schweizer Botschafter, Dr. Johann Bucher, intervenierte dann geschickt beim zuständigen russischen Ministerium, das sofort mit den diesem Ministerium zur Verfügung stehenden unzimperlichen Methoden für Remedur sorgte. Der heilige Nikolaus hatte Sadko für einige Zeit von der brutalen russischen Realität befreit.

Harte Verhandlungen (1993/94)

Dominik schilderte mir unsere vielen Verhandlungsrunden mit Alfa Cement wie folgt:

„Obwohl von Anfang an eine gute Atmosphäre zwischen Holderbank und Alfa Cement herrschte, das gegenseitige Vertrauen seit dem ersten Kontakt kontinuierlich gestiegen war und beide Seiten den Deal grundsätzlich durchführen wollten, wurde sowohl von Holderbank als auch von Alfa Cement hart verhandelt. Wir mussten mehr als einmal Sitzungen abbrechen, um unseren Bedingungen Nachdruck zu verschaffen oder plötzlich aufgetauchte neue Forderungen der Gegenseite abzuwehren.

Wir drängten Alfa Cement darauf, eine Zementposition im Raum Moskau, in diesem wichtigsten Marktsegment Russlands, zu erwerben. Alfa Cement besaß hier nämlich noch keine Beteiligung. Ebenso drängten wir auf die Akquisition des Werkes Spassk bei Wladiwostok, weil von dort Klinker und Zement relativ einfach über den Seeweg in den asiatischen Raum exportiert werden kann. Einerseits ermöglichte die Kontrolle über diese Werke Deviseneinnahmen, was bei dem chronischen Mangel an Liquidität in der ganzen russischen Wirtschaft einen großen Vorteil darstellte. Anderseits war die Kontrolle der Exportströme von defensiver strategischer Bedeutung. Eine gewisse Dringlichkeit bestand dennoch, weil durch die Privatisierung ein enges Zeitfenster gegeben war, um diese beiden Positionen aufzubauen. So begann Alfa Cement mittels Privatisierungs-Voucher nun auch Anteile an Shurovo bei Moskau und an Spassk aufzukaufen.

Um im Zementmarkt in Moskau erfolgreich zu sein, war der bloße Besitz einer eigenen Produktionsanlage in Shurovo unzureichend. Der gesamte Zementvertrieb der Hauptstadt wurde durch eine einzige Gesellschaft, Stern Zement, dominiert. Die Produzenten waren damit zu einem großen Teil von dieser Organisation abhängig. Stern Zement besaß eigene Zementterminals in der Stadt sowie Bahn- und Straßenlogistik. Deshalb machten wir uns zuallererst Gedanken, ob wir eine Kooperation suchen oder ein eigenes Vertriebssystem aufbauen sollten, sobald wir Shurovo unter Kontrolle gebracht haben."

Dominik führte dazu weiter aus: „Diese Überlegungen wurden dann ohne unser Zutun plötzlich in eine konkrete Richtung gelenkt. Als ich bei einem meiner Besuche gerade in Moskau im Hotel *Metropol* eintreffe und ins Zimmer komme, klingelt das Telefon. Ein Vertreter von Stern Zement meldet sich in gebrochenem Englisch und wünscht mich zu sehen. Mir wird ziemlich mulmig, denn ich hatte bisher keinen Kontakt mit dieser Organisation und musste nun feststellen, dass ich von Unbekannten überwacht wurde, die genau wussten, wer ich war, an welchem Tag und um welche Zeit in welchem Hotel ich in Moskau eintreffe. Da ich vom Grundsatz weiß, um wen es sich handelt, willige ich zum Treffen ein, auch wenn mir das Vorgehen im ersten Moment doch unheimlich vorkommt. Gewisse, für Schweizer gewöhnungsbedürftige Praktiken aus der Sowjetzeit scheinen hier überlebt zu haben.

Nach diesem verwegenen Erstkontakt führten wir dann mehrere Gespräche mit Stern Zement. Juri, der Sohn des Eigentümers, war mein Gesprächspartner, der aufgrund seiner Ausbildung in den USA gut Englisch sprach. Diese Gespräche führten jedoch zu keinen konkreten Ergebnissen, weil Stern Zement keine Bereitschaft zeigte, eine echte Partnerschaft einzugehen und eine Beteiligung am Unternehmen an Alfa Cement abzugeben. Darüber hinaus wollte Kharif, der die Familie Stern und deren Unternehmen gut kannte, für Alfa Cement in Moskau eine eigene Vertriebsstruktur aufbauen. Es schien, dass zwischen Kharif und Stern ein gewisses Misstrauen unter jüdischen Geschäftsleuten mitschwang. Vor diesem Hintergrund wurden die strategischen Gespräche nicht mehr weitergeführt, wobei man sich auf operativer Ebene im Moskauer Markt weiterhin begegnete."

Der Vertrag der Holderbank mit Alfa Cement (Mai 1994)

Am 24. Mai 1994 war es dann so weit: Dominik und ich schauten gespannt zu, wie Tres Pestalozzi im Beisein der russischen Delegation im Büro von Chadbourne & Park den Vertrag unterzeichnete. Seit dem ersten Besuch von Alexandrov in Holderbank und damit dem ersten Kontakt mit Alfa Cement (damals noch der Alfa-Investmentfonds genannt) anfangs 1993 waren mittlerweile sechzehn Monate vergangen. Dazwischen fanden gegenseitige Besuche, teilweise mühsame und anstrengende Fabrikbesichtigungen in weit abgelegenen Regionen Russlands und viele komplizierte Verhandlungen in Moskau, Holderbank und Zürich statt. Dabei ließ aber die Faszination von Dominik und mir mit dem Projekt und dem riesigen unbekannten Russland und seiner Bevölkerung nie nach.

Durch den Vertrag mit Alfa Cement erhielt die „Holderbank" für 20 Millionen US-Dollar (entsprach damals ungefähr 30 Millionen CHF) eine neunzehnprozentige Beteiligung an (konsolidierten) 12 Millionen Tonnen Zementkapazität. Da an vielen Zementfabriken nur Minderheitsbeteiligungen bestanden, war die Zementkapazität aller Beteiligungszementwerke von Alfa Cement zusammengezählt noch viel größer als diese 12 Millionen Tonnen Zementkapazität, das heißt über 20 Millionen Tonnen.

In diesem Vertrag wurde auch die Investment Policy nach dem Beitritt der „Holderbank" festgelegt:

„Glenfed (Glenfed Investment S. A., Panama, and ‚Holderbank' Financiere Glaris Ltd., collectively called Glenfed) will join Alfa Cement as a new and equal partner. The capital increase which will result from Glenfed participation will be used to acquire participations in new cement and cement related companies in Russia or to increase existing shareholdings. Such acquisitions will be made directly from the sellers at market prices and no fees will be claimed from any Alfa Cement shareholders.

A number of acquisition targets in which the Glenfed contribution will be invested have been identified by all parties. Those targets are listed in an Appendix.

None of the Glenfed contributions will be invested or used for upgrading or modernization of the Alfa Cement plants …"

Im Anschluss an die Vertragsunterzeichnung im Mai 1994 in Moskau.
Links S. Kharif und A. Pestalozzi

Privatisierung, 1995 bis 1999:
Pledge Auctions (Loans for shares)

Dominik und ich hatten von dieser zweiten Privatisierungsrunde nur durch Zeitungen und Gespräche erfahren. Diese Ereignisse hatten keinen direkten Einfluss mehr auf die bereits erworbenen Zementbeteiligungen, weshalb wir vor Ort nicht mehr im Detail mit der zweiten Privatisierungsrunde konfrontiert waren.

Der Hintergrund der erneuten Privatisierung war die fiskale Krise in Russland, welche 1995 höchst akut wurde und die Boris Jelzin und die Reformer lösen mussten. Mit dem Budget hatte das Land enorme Probleme, da die Ausgaben die Einnahmen bei Weitem überstiegen. Im März 1995 schlug die Oneksimbank, unter dem Vorsitz von Vladimir Potanin, Präsident Jelzin eine Lösung vor: In Absprache mit den Vorsitzenden von andern mächtigen Banken wie Menatep, Inkombank, Imperial und Stolichny könnten diese Banken der russischen Regierung ein großes Darlehen für ein Jahr geben. Als Sicherheit würden die Banken Teile der staatlichen Aktien von 29 großen russischen Firmen für die Regierung treuhänderisch halten und managen. Die meisten dieser Blöcke von Aktien staatlicher Firmen waren Öl- und Mineralgesellschaften, also die Filetstücke der staatlichen Gesellschaften. Diese von der Regierung verpfändeten Aktien sollten in einer offenen und kompetitiven Auktion – „pledge auction"– versteigert und als Sicherheit auf die Banken verteilt werden. Das bei der Auktion erhaltene Geld würde also der russischen Regierung „ausgeliehen". Falls am Schluss des Jahres, in dem das Darlehen Gültigkeit hatte – bis am 1. September 1996 (nach den im Sommer vorgesehenen Präsidentschaftswahlen) –, die russische Regierung sich entschließen sollte, das Darlehen der Banken nicht zurückzuzahlen, würden die Aktienpakete an die Gewinner der Auktion zu deren Eigentum transferiert werden. Präsident Jelzin genehmigte diesen Plan in einem Dekret No. 889, und die Banken wurden autorisiert, die „Pledge-Auktion" zu organisieren.

Die Banken hatten aber im Voraus vereinbart, welche Bank für welche Aktien ein Angebot abgeben würde. Leonid Nevzlin, ein Geschäftspartner der von Mikhail Khodorkovsky beherrschten Menatep-Bank, erklärte, dass die Banken untereinander abgemacht hätten, wer was erhalten würde. Ferner hatten sie vereinbart, dass sie sich bei der Auktion nicht bekämpfen würden. Da die Versteigerungen öffentlich waren, bestand allerdings die Möglichkeit, dass auch außenstehende Bieter auftreten könnten. Der Reformer Alfred Kokh sorgte jedoch dafür, dass aus „technischen Gründen" diese neuen Bieter (Finanzinstitute) an sieben Auktionen von Aktienpaketen ausgeschlossen wurden. Dabei handelte es sich unter anderem um die höchst lukrativen Öl-Gesellschaften (Lukoil, Sidanko, Yukos und Sibneft) und der wichtigsten Mineral- und Metallfirma (Norilsk Nickel). Es wurden insgesamt zwölf Pledge Auctions durchgeführt. Potanin, dem Initiator der Pledge Auctions, fiel der wertvollste Preis in die Hände, nämlich Norilsk Nickel. Der Konzern ist der größte Nickel- und Palladiumproduzent der Welt, seine Marktkapitalisierung beträgt gemäß NZZ (5.11.2011) 34,7 Milliarden USD. Diese Firma soll Potanins Finanz- und Industrieimperium etwas später 100 Millionen US-Dollar pro Monat eingespielt haben. Michail Khodorowski sicherte sich dabei den Erdölkonzern Yukos. „Gesetzeslücken aufzuspüren und sie vollständig oder teilweise auszunutzen – das war das größte intellektuelle Vergnügen auf diesem Gebiet", erklärt Khodorowski später der bekannten Schriftstellerin Ljudmila Ulitzkaja jener Zeit (NZZ 27.11.2011).

Die Regierung erhielt nur 800 Millionen US-Dollar als Darlehen von der Auktion.

Diese Art von rücksichtslosem Kapitalismus gab es schon früher, und zwar in Amerika, wo die Rockefellers oder die Vanderbilts ihre riesigen Vermögen ebenfalls auf fragwürdige Weise erwarben. In der zweiten Hälfte des 19. Jahrhunderts entstanden in Amerika neue Industrien. Die sogenannten „robber barons" stiegen in die höchsten Spitzen der Wirtschaft auf. Dabei bedienten sie sich äußerst skrupelloser Methoden: Aktionäre wurden übervorteilt, Aktienkurse nach

Belieben manipuliert, Politiker in großem Stil bestochen und Konkurrenten mit zweifelhaften Mitteln ausgeschaltet. Im Laufe dieses Prozesses entstanden in kurzer Zeit riesige Imperien, da es kaum Regularien für die Wirtschaft gab und sich im sprichwörtlichen „Wilden Westen" der Skrupelloseste durchsetzte. In vielen Bereichen entstanden große Trusts, die immer größere Teile ihrer Branchen beherrschten und monopolisierten, zulasten der Verbraucher.

Der Aufstieg der „Oligarchen", 1995 bis 1997

Erst aufgrund eines mir zur Verfügung gestellten Unterrichts-Falles der Harvard Business School 9-701-076 Rev. May 24, 2001 („Russia: The End of a Time of Troubles?"), habe ich die Pledge Auction, den Aufstieg der Oligarchen und Details der verschiedenen Phasen der Privatisierung ganz begriffen. Dominik und ich waren zwar Augenzeugen der Privatisierung in der Zementindustrie 1993 und 1994 und der sehr speziellen Stimmung in Russland während dieser Periode; ich selber reiste bis 1998 mehrmals pro Jahr nach Russland. Im Detail haben wir aber trotz vieler Reisen dorthin die größeren Zusammenhänge dieser Phase der Privatisierung nicht richtig erfasst. Es lohnt sich dennoch, auf diese völlig andersgeartete Privatisierungsrunde – in der die Reichen noch viel reicher wurden – kurz einzugehen.

In der Mitte der 1990er-Jahre fingen die Russen an, einige wenige mächtige Geschäftsleute als die Oligarchen zu bezeichnen. Diese Bezeichnung bezog sich auf die in kürzester Zeit entstandenen riesigen Vermögen und den damit verbundenen politischen Einfluss. Das russische Wort „prikhvatit" bedeutet „ergreifen" oder auf English „to grab". Die Russen veränderten das Wort „privatizatsiia" (Privatisierung) in ein Wortspiel um: „prikhvatizatsiia" – grab-ization (Klauerei). Wobei viele Russen der Meinung sind, dass die Oligarchen mehr als nur „grabbing" (ergreifen/klauen) getan haben, um zu ihrem Reichtum zu kommen.

Vor den Präsidentschaftswahlen im Sommer 1996 steckte Jelzin in einem Popularitätstief, mitunter erhielt er lediglich 5 % Zustimmung im Volk. Dafür stieg mit der Wirtschaftskrise die Popularität von Gennady Zyuganov, dem Chef der Kommunistischen Partei. Anfangs 1996 glaubten die meisten politischen Analysten, dass es fast sicher war, dass Zyuganov die Wahlen gewinnen würde. In der

Schweiz waren sich fast alle Zeitungen einig, dass Jelzin die Wahlen verlieren werde und Russland wieder in den Kommunismus zurückfallen würde.

Im Februar 1996 lud mich mein früherer Holderbank-Chef, Dr. Anton Schrafl, zu einem Treffen von potenziellen westlichen Investoren mit russischen Politikern und Wirtschaftsführern ans World Economic Forum (WEF) in Davos ein. Das „Russia brainstorming" fand im Hotel Derby „Drusa" am Samstag, 4. Februar 1996, statt. Da Toni und ich zu früh eintrafen, konnten wir an einem Tisch des Hotels, wo das Nachtessen mit der russischen Delegation stattfand, einige Plätze frei halten. Als Gennady Zyuganov und zwei Begleiter das Lokal betraten, war dieses schon ziemlich besetzt, daher ging ich ihnen entgegen und lud ihn und seine Begleiter an unseren Tisch ein. Er war seit 1993 Vorsitzender der Kommunistischen Partei der Russischen Föderation, Mitglied der Duma und ebenso Mitglied des Europarates. Er war der gefährlichste Gegenkandidat von Jelzin als Präsident von Russland. Der intelligente Zyuganov trat sehr selbstsicher auf und hatte eine laute Stimme, machte aber den Eindruck eines Mannes aus dem Volk. Allerdings verursachte mir seine etwas polternde Art und die muskulöse Gestalt eine leichte Hühnerhaut. Vor allem der Gedanke, dass dieser Kommunistenführer mit größter Wahrscheinlichkeit der nächste Präsident von Russland sein dürfte und damit auch das Rad der Geschichte wieder zurückgedreht würde, ließ mich erschauern. Toni und ich sprachen mit ihm über die Zementbeteiligungen von Holderbank in Russland und wie wir diese zu modernisieren und die Kader sowie die Belegschaft besser auszubilden beabsichtigten. Zyuganov schien mit unseren Ausführungen zufrieden zu sein. Als wir nach dem Nachtessen in Davos im tiefen Schnee in unser Hotel zurückmarschierten, waren Toni und ich der Meinung, falls unser Tischnachbar tatsächlich die Wahlen gewinnen und Russland deshalb wieder kommunistisch werden sollte, wäre der neue kommunistische Präsident Russlands wenigstens den Holderbank-Zementbeteiligungen in diesem Land nicht von vornherein feindlich gesinnt.

In „New Perspectives Quaterly", USA, las ich in einem Artikel von Nathan Gardels über das WEF Davos im Februar 1996 Folgendes:

„When Russian Communist Party leader Gennady Zyuganov could not answer Senator Bill Bradley's direct questions about guarantees on privatization if his party regained power, he lost whatever sympathy he may have had from the audience of western corporate leaders and financiers gathered in the Plenary Hall. Instead, Zyuganov talked about ‚pillage' of the national patrimony, wages and pensions gone unpaid and unemployment levels in Russia as high as America's during the Great Depression. In contrast, Grigory Yavlinsky, a democratic reformist (leader of the Yabloko Bloc in the Russian Parliament), pleased the gathering with soothing assurances on private property and his sophisticated analysis calling for increased productivity as the best way to pay for the social state. Yavlinsky won hands down in Davos; Zyuganov will win in Moscow …

‚Successful privatization takes time', said Russian Communist Party leader Gennady Zyuganov and so far in Russia, privatiziation had not produced the desired results; therefore privatization ‚has to be looked into'.

Even Grigory Yavlinsky admits that the financial stabilization programme of the market reformers in Russia was so successfully implemented that it fathered the reaction we see now. The operation was a success, Yavlinsky says, but the patient is dead."

In einem Communiqué des WEF über eine Diskussion am 4. Februar 1996 mit der Thematik „russische Politik und Wirtschaft" steht unter dem Titel „Russian Communist Party leader attacks Yeltsin reform as national disaster": Unrealistic government policies had caused a situation in Russia where the economic situation is going from ‚worse to worse' with production and investment dramatically down, the social system in dissarray, and the legal and tax system chaotic, Gennady Zyuganov told a packed session. If elected to the presidency in Russia's election in June, he would like to introduce a mixed state and private market system ‚where everyone is able to function' and foreign investors faced predictable business conditions.

Today, he claimed, Russia is economically drained by the mafia and corrupt bureaucrats. Declaring that he favours a stable, multi-party political system, Zyuganov said that he supports laws which are up to international standards, reasonable economic competition and open politics. He wanted a government which fulfilled its commitments, and did ‚simple things like pay people's wages'."

Wie ich erst kürzlich aus der Teilnehmerliste des „Russia brainstorming" im Derby in Davos (am Abend) entnehmen konnte, waren am 4. Februar 1996 zu diesem Anlass unter anderem die folgenden bekannten Persönlichkeiten dabei:

Anatoli Tschubais (Chairman of the Board, Russian Privatization Centre) Francis Fukuyama (Senior Researcher, Rand Corporation, USA), Andrei Kokoshin (Deputy Minister of Defense of Russia), Yuri Luzhkov (Mayor of Moskow), Vladimir Putin (First Deputy Mayor of St. Peterburg) Yevgeny Yasin (Minister of Economy of Russia), Jeffrey Sachs (Harvard University, USA).

Die folgende Begebenheit sei noch nachgetragen: Als ich am Montag, 6. Februar 1996, also kurz nach der Teilnahme am „Russia brainstorming" vom 4. Februar am WEF in Davos, neben Tres Pestalozzi in der total ausgebuchten Swissair-Maschine von Zürich nach Moskau saß, bemerkte ich in der gegenüberliegenden Sitzreihe Grigory Yavlinsky, der mehrfach erfolglos versuchte, seinen dicken Wintermantel irgendwo zu verstauen. Er erhielt keine Hilfe von den Flugbegleiterinnen, sodass ich aufstand, ihm den Mantel abnahm und diesen selber in einem Schrank beim Eingang des Flugzeugs versorgte. Tres meinte lakonisch, dass diese freundliche Geste mir eines Tages noch zugute kommen könnte.

In einem Essay „After Yeltsin Who?" von William Safire (The *New York Times*, 30 January 1995), also im Jahr zuvor, schrieb dieser unter anderem:

„In the most recent poll of Russian voters, Grigory Yavlinksy – his name means ‚The Man Who Appears' – now draws more support for president than Boris Yeltsin. That says less about the growing strength of the 42-year old economist from Lvov, head of the a reformist bloc in Parliament, than it does about a collapse of public backing for the president who ordered 60 000 troops to wipe out a few thousand secessionaries in Chechnya. The ‚conqueror of Grozny' is now down to single-digit support, along with his Prime Minister, Victor Chernomyrdin. Democratic reformers, along with legions of mothers of young soldiers, have abondoned Yeltsin because he chose war over prolonged negotiations. Nationalists and Communists are furious because he revealed the ineptitude of the army and brought further shame on the nation." ...

Die Oligarchen waren 1996 über eine mögliche Präsidentschaft von Zyuganov noch viel mehr besorgt als wir. Sie befürchteten, dass er das russische Experiment mit der Marktwirtschaft und der Demokratie beenden könnte. Im Januar 1996 führte Zyuganov bei Wählerumfragen eindeutig und Jelzin lag lediglich an fünfter Stelle mit nur 8 % der Bevölkerung, die den Präsidenten bei einer Wiederwahl unterstützen wollten. Bei dieser Ausgangslage war zu befürchten, dass der Kommunistenführer die Abmachungen der „Pledge Auctions" nicht honorieren würde. Damit hätten die Oligarchen große Teile ihres Vermögens verloren und so erst recht ihren politischen Einfluss.

Am oben erwähnten WEF in Davos im Februar 1996 beschlossen deshalb die mächtigsten Geschäftsleute von Russland zusammen mit Anatoli Tschubais, Präsident Jelzin mit allen verfügbaren Mitteln bei seiner Wiederwahl zu unterstützen. Dabei sollte Tschubais die Wiederwahl-Kampagne für Jelzin organisieren, wobei die Oligarchen massive finanzielle Unterstützung versprachen. Dieser Davoser Pakt schloss Boris Berezovsky, Vladimir Gussinski, Mikhail Khodorkovsky, Valdimir Potanin und Aleksandr Smolensky mit ein, das heißt alle, die an der Pledge Auction teilgenommen hatten. Aber auch die beiden Kritiker der Pledge Auction, nämlich Mikhail Fridman und Piotr Aven der Alfa-Bank machten mit, da sie überzeugt waren, dass die Bedrohung durch Zyuganov schwerwiegend war. Diese Gruppe setzte ihre Medien (Fernsehen, Radio und Zeitungen) für Jelzins Kampagne ein, zusätzlich ihre regionalen Kontakte und natürlich viel Geld.

Dabei muss es sich insgesamt um einen Betrag in dreistelliger USD-Millionenhöhe gehandelt haben.

Wie wir wissen, gewann Jelzin schlussendlich am 16. Juni 1996 knapp die Wiederwahl mit 35 % der Stimmen. Sein Gegner Zyuganov erzielte das zweitbeste Resultat mit 32 %! Im August ernannte der wiedergewählte Präsident Vladimir Potanin der Oneksim-Bank als Stellvertretenden Premierminister. Im September beschloss die Jelzin-Administration, die Darlehen der Pledge-Auction nicht zurückzubezahlen. Damit wurde das Eigentum an den staatlichen Aktienpaketen der wichtigen Firmen von natürlichen Ressourcen zu den Banken transferiert, die sie bisher nur als Pfand (kollateral) hielten. Die vermögenden Geschäftsleute waren damit märchenhaft reich geworden und als Oligarchen in die Geschichte eingegangen.

Als Beispiel sei der oben erwähnte Wladimir Gussinski, der Gründer der Mostbank und des Senders NTW, genannt. Gemäß dem bereits erwähnten Buch von Gisela Tobler über die Erlebnisse von Karl Eckstein („Russen sind anders") hat Gussinski mit unlauteren Mitteln gearbeitet und unter anderem eine Firma in Singapur um Aktien betrogen. Gussinski sei eng mit dem Moskauer Bürgermeister Juri Luschkow liiert gewesen, weshalb es wohl kein Zufall gewesen sei, dass nahezu das gesamte Moskauer Staatsvermögen von Gussinkis Mostbank verwaltet worden sei. Er habe zahlreiche Privilegien genossen und er sei im Auto wie ein hoher Staatsbeamter mit Blaulicht durch Moskau gefahren. Gemäß der NZZ am Sonntag (20.11.2011) musste er seine Most-Aktien verkaufen, nachdem er bei Präsident Putin in Ungnade gefallen war. Um einem Haftbefehl zu entgehen, setzte er sich 2001 nach Spanien ab. Heute lebt Gussinski in Israel, wo er als Mehrheitseigner den russischsprachigen Fernsehsender RTVi betreibt.

In einem Artikel im „Der Sonntag" vom 4.12.2011 stand unter der Schlagzeile „Potanin zog Millionen ab" Folgendes: Der Oligarch soll 790 Millionen Franken von der Hyposwiss (Tochtergesellschaft der St. Galler Kantonalbank) nach Zypern verschoben haben. Eine Strafanzeige wurde von Oleg Deripaska eingereicht, ebenfalls ein milliardenschwerer Oligarch. Dieser wirft Potanin vor, widerrechtlich einen Milliardenbetrag aus dem weltweit größten Nickelwerk gezogen zu haben, woran beide beteiligt sind. Hyposwiss soll dabei geholfen haben. Wollte Potanin seine Gelder in Sicherheit bringen, da er eine Blockierung befürchten musste? Gemäß einer Vermögenszusammenstellung vom Februar 2011, die dem „Sonntag" vorliegt, verfügte Potanin über erhebliche Barwerte. Die Assets betrugen 685 Millionen Franken. Im März kam eine Dividendenzahlung in Höhe von 91 Millionen Franken hinzu, wie aus einem E-Mail an Hans Bodmer hervorgeht. Aus der Vermögenszusammenstellung geht außerdem hervor, dass der Oligarch auf sehr großem Fuß lebte. Im Februar betrug die Spesenrechnung über 27 Millionen Franken. Größter Kostenblock waren Ausgaben für seine beiden Superjachten Y-707 und Anastasia sowie zwei Gulfstream-Jets.

Die renommierte Wirtschaftsjournalistin Julia Latynia klagte einmal, dass es in Russland keine Institutionen mehr gebe, sondern nur persönliche Beziehungen (Gisela Tobler – Russen sind anders). Korruption ist vor allem in der Wirtschaftselite verbreitet – ein Elitekartell, in welchem sich die Exekutive und Hochfinanz miteinander verbunden haben und dadurch den politischen Prozess beeinflussen. Allerdings gibt es dabei Grenzen dieser Verbindung. Dies zeigt der Fall Khodorkowsky. Als Konzernleiter des Ölgiganten Yukos war er bis 2003 Russlands reichster Mann. Er unterstützte mit seinen Ölmillionen auch liberale Oppositionsparteien wie Jabloko und SPS, was dem Kreml missfiel. Seit 2003 sitzt Khodorkowsky im Gefängnis und 40 % seiner Yukos-Aktienbeteiligungen wurden beschlagnahmt.

Erster Besuch in Shurovo (Shurovsky Tsement) im März/April 1994

Aufgrund unserer verschiedenen Interventionen bei Kharif und seinen Mitstreitern, dass sich im Portefeuille der Alfa Cement keine Beteiligungen an Zementfabriken befanden, die den Raum von Moskau bedienen konnten, fing Alfa Cement in rascher Folge an, Vouchers von Shurovo aufzukaufen. Zuerst mit Geld, das von der Alfa-Bank zur Verfügung gestellt wurde, und nach der Vertragsunterzeichnung von Holderbank mit Alfa Cement im Mai 1994 mit dem Geld, das die „Holderbank" als Partner von Alfa Cement bezahlt hatte. Ciments Lafarge, der große französische Konkurrent der Holderbank, hatte bereits eine Beteiligung an der nur achtzig Kilometer südlich von Moskau gelegenen Voskresensk-Tsement kaufen können.

An einem für russische Verhältnisse warmen Frühlingstag 1994, mit teilweise noch Schnee auf den Straßen, treffen wir nach einer Fahrt von ungefähr zwei Stunden in Kolumna ein, einer Stadt mit 148 000 Einwohnern. Die Stadt bot jedoch ein eher ärmliches Bild: schlecht unterhaltene Infrastruktur und viele fast baufällige Plattenbauten. Kolumna liegt 120 Kilometer südöstlich von Moskau am Zusammenfluss von Moskwa und Oka. Der wichtigste Betrieb der Stadt ist heute das Diesellokomotivenwerk.

In Kolumna wurden bis anfangs der 1990er-Jahre die berühmt-berüchtigten Raketen SS 20 und SS 30 gebaut. Es handelte sich um mobile ballistische Mittelstreckenraketen zum Transport von nuklearen Gefechtsköpfen. Je nach Modell konnte eine solche Rakete einen Sprengkopf entsprechend 75 Hiroshima-Bomben zwischen 600 und 5000 Kilometer transportieren. Dadurch war das strategische Gleichgewicht in Europa gefährdet. Im Rahmen des INF-Vertrages (Intermediate Range Nuclear Forces) wurde von der UdSSR am 12. Mai 1991 die letzte Rakete verschrottet. Aufgrund der Raketenforschung und des Raketenbaus war Kolumna in der Sowjetzeit eine geschlossene Stadt. Cyrille Kisselevsky, ein russischstämmiger Franzose, der ab März 1996 als Leiter des Alfa-2000-Projekts (siehe dazu unten das Kapitel „Organisatorische und finanzielle Konsolidierungsphase der Alfa Cement (1994–1996)" arbeitete, fragte die Einwohner von Kolumna, woran sie bemerkt hätten, dass ihre Stadt nach dem Ende der Sowjetunion eine offene Stadt geworden sei. Antwort: an der Ankunft von Mönchen und Nonnen in der Stadt, die zwei Klöster eröffnet hätten. Die Menschen von geschlossenen Städten empfanden das Leben darin nicht als Gefängnis, sondern betrachteten sich eher als Privilegierte, da sie besser bezahlt und mit Waren und Lebensmitteln besser versorgt waren. Zudem standen ihnen für die Ferien reservierte Hotels am Schwarzen Meer zur Verfügung.

Der Direktor von Shurovsky Tsement, Nikiforov, ein freundlicher, kräftiger und etwas rundlicher Mann, empfängt uns vor der Fabrik und lädt uns gleich zu einem zweistündigen Rundgang im Werk ein. Der Führungsstil der ehemaligen roten Direktoren scheint äußerst patriarchalisch zu sein. Seit den Zeiten der Sowjetunion hat sich hier gar nichts verändert. Vor dem Haupteingang steht immer noch eine Statue von Lenin. Um ins Büro des Chefs zu kommen, muss man sich zuerst – wie überall in Russland – ins Büro der Chefsekretärin begeben, um von dort ins Allerheiligste zu gelangen. Das repräsentative, mit Holz getäfelte Büro ist riesig. Hinter dem in einem bequemen Sessel sitzenden Direktor des Werks steht auf einem Absatz der Wand immer noch die früher fast heilige Büste von Lenin. Immerhin sind in ganz Russland die Statuen von Josef Stalin verschwunden. Nach einem längeren Gespräch erkundigen wir uns nach den Produktions- und Finanzzahlen. Die Chefsekretärin erhält den Auftrag, die dafür Verantwortlichen herzuholen. Es erscheinen zwei Buchhalterinnen (in Russland befassen sich mit diesem Thema offenbar immer Damen), die beide ernsthaft und mit Würde in die Welt blicken. Sie tragen die gleiche weiße Bluse mit einem gehäkelten großen Kragen, der nach unseren Begriffen ziemlich altmodisch wirkt. Beim Gespräch stellten wir fest, dass die Überstellung der Güterwagen von der Mafia kontrolliert wurde, was zu erheblichen „Transportkosten" führte. Nach dem Genuss von Tee und Gebäck wird die Stimmung immer freundlicher und entspannter. Nach einer Weile schiebt Nikiforov neben der Leninbüste hinter seinem Schreibtisch den Schieber eines gut getarnten kleinen Schranks zur Seite und fragt uns, ob wir uns lieber einen Whisky oder einen Wodka kurz vor dem Mittagessen genehmigen möchten. Bei einem Gläschen Wodka erzählte Nikiforov, dass er vor drei oder vier Monaten, als es noch grimmig kalt war, von der Polizei mit einer Buße wegen Geschwindigkeitsüberschreitung belegt worden sei. Als Rache habe er der Polizei von Shurovo den Strom abgestellt. Dies sei einfach zu bewerkstelligen gewesen: Für den ganzen Ort Shurovo werde nämlich der Strom im Generator der Zementfabrik erstellt. Seither lasse ihn die Polizei in Ruhe.

Das Leben als Roter Direktor einer großen Fabrik war mit enormer Macht und Privilegien verbunden, die wenig mit dem viel gepriesenen Arbeiter- und Bauernparadies zu tun hatten. Nur die Nomenklatura lebte in einem Paradies wie früher die Adligen.

Die Zwanzigerjahre, also die Jahre nach der Oktoberrevolution, waren von einer Vielfalt und Avantgarde in Kunst und Literatur der Sowjetunion geprägt. Von der bolschewistischen Kulturpolitik wurde diese Entwicklung anfangs gefördert, so wurden zum Beispiel Kasimir Malewitsch und El Lissitzky auf Lehrstühle der Moskauer Kunsthochschule berufen. Nach Stalins Machtübernahme ließ sich dann in den 1930er-Jahren der Ansatz der Avantgardisten mit den politischen Forderungen nach einer funktionalen Kunst nicht vereinigen. Malewitsch erhielt Ausstellungs- und Publikationsverbot.

Im nächsten Abschnitt des Rundgangs wurden wir dann im Hauptgebäude herumgeführt. Im zweiten Stock befand sich zu meiner Überraschung eine interessante Bildersammlung, alle gut gemalt im Stil des Sozialistischen Realismus. Diese Stilrichtung der Kunst war ideologisch begründet und 1932 vom Zentralkomitee der KPdSU als Richtlinie für die Produktion von Literatur, bildender Kunst und Musik in der UdSSR beschlossen worden. Sie sollte der Verherrlichung der fleißigen Bauern und Arbeiter, der tapferen Soldaten und ihrem großen Führer dienen. Die stärksten Auswirkungen hatte jener staatlich verordnete Stil in der Zeit direkt nach dem Zweiten Weltkrieg. Die offizielle Doktrin des Sozialistischen Realismus dominierte die sowjetische Kunst über Jahrzehnte – in Privatwohnungen und Estrichen in Moskau wurden allerdings bereits in den 1980er-Jahren bis zur Auflösung der Sowjetunion 1991 im Geheimen auch moderne, nicht figurative, den Staat verherrlichende bildende Kunst gezeigt. Paul R. Jolles, der bekannte ehemalige Schweizer Diplomat und Staatssekretär im Wirtschaftsministerium, beschreibt dies in seinem Buch „Memento aus Moskau: Begegnungen mit inoffiziellen Künstlern 1978–1997", wie er bereits in den Zeiten der Sowjetunion heute berühmte russische Künstler besucht, ihre kraftvollen modernen Bilder angesehen und viele auch gekauft hat. So war Paul Jolles als einer der ersten westlichen Kunstliebhaber und Kunstsammler von Ilia Kabakow fasziniert und hat damals mehrere Bilder von ihm gekauft. Oben genannter Konzeptkünstler gehörte drei Jahrzehnte lang zum Moskauer „Kreis der inoffiziellen Künstler". Kabakow durfte 1987 erstmals die Sowjetunion verlassen und kam nicht mehr nach Moskau zurück. Er wohnt heute in New York und stellt in allen wichtigen Museen der Welt aus.

Bei drei späteren Besuchen in Shurovo habe ich immer wieder die kleine Bildersammlung mit Zement-Sujets im zweiten Stock des Hauptgebäudes besucht und bewundert. Eines ist mir bis heute gut in Erinnerung geblieben: ein Pferd, das den Schlitten durch eine stark verschneite Landschaft zog, wobei sich auf dem Schlitten ein Sack Zement befand. Ich war dann entschlossen, einige dieser Bilder der Fabrik Shurovo abzukaufen. Als ich aus Begeisterung „meine" Bildersammlung Cyrille Kisselevsky – aus einer russischen Adelsfamilie stammend – zeigte und ihm meine Kaufabsichten bekannt gab, redete er mir ins Gewissen und erklärte mir, diese Bilder sollten als Zeitzeugen im Zementwerk belassen werden. Ich wusste damals nicht, dass genau jene figurativen Bilder eines Tages hohe Preise erzielen würden. Wie ich viel später erfahren musste, sollen verschiedene dieser Shurovo-Bilder – nachdem die Protagonisten des russischen Zementfeldzuges nicht mehr aktiv in Russland tätig waren – von einem Holderbank-Manager und Kunstliebhaber weggenommen worden sein. Ohne Ausnahme waren alle Bilder im Stil des Sozialistischen Realismus gemalt, eine Stilrichtung, die ich als ehemaliger „Kalter Krieger" des Westens lange Zeit hasste. Bei meinen Besuchen in Shurovo fand ich plötzlich, dass die Bilder gut gemalt waren und für die vergangene Sowjetzeit als eindrückliche Zeitzeugnisse ihren Charme und Wert hatten.

Bild im Administrationsgebäude von Shurovo Cement im Stil des Sozialistischen Realismus.

Im Fernen Osten von Russland – Spassk (5.–11. November 1994)

Wie bereits ausgeführt, hatte Tres Pestalozzi im Mai 1994 den Vertrag mit dem Alfa-Investmentfonds in Moskau zwar unterzeichnet, jedoch war es ihm aus Zeitgründen mehrere Monate lang nicht möglich gewesen, die größte und von der Schweiz aus am weitesten entfernte Zementanlage in Spassk (eine Nass- und eine Trockenfabrik) des Beteiligungsportfolios zu besichtigen.

Daher erhielt ich den Auftrag, zusammen mit Dominik diese Reise vorzubereiten. Bereits nach kurzer Organisationszeit konnten wir uns mit den weiteren Beteiligten auf einen Besuchstermin Ende Oktober 1994 einigen und nahmen die notwendigen Buchungen vor und koordinierten unsere Reise mit Alfa Cement. Von Anfang an war klar, dass es Tres bei dieser Reise nicht ganz wohl war, da gerüchteweise in Wladiwostok und der näheren Umgebung besonders viele Mafiabanden ihr Unwesen treiben sollten und sich die dortigen Behörden dank der riesigen Distanz zu Moskau ziemlich selbstständig gemacht hatten – so blieb es nicht aus, dass die Korruption im großen Stil grassierte. Aus seiner früheren Tätigkeit in Süditalien hatte Tres zwar Mafiaerfahrung, doch hatte jemand von Alfa Cement ihm erklärt, der Unterschied zur italienischen Mafia sei, dass man von der russischen nicht zuerst noch gewarnt werde.

Um das Risikopotenzial für ein schweizerisches Konzernleitungsmitglied einigermaßen zuverlässig abschätzen zu können, nahm ich Kontakt mit der Schweizer Botschaft in Moskau und dem ABB-Vertreter in Wladiwostok auf. Beide Quellen versicherten mir, dass man vorsichtig sein müsse, jedoch aus ihrer Sicht kein speziell großes Risiko für die persönliche Sicherheit vorhanden sei. Immerhin erklärte mir der ABB-Vertreter am Telefon, dass ein WC in einem Restaurant in und um Wladiwostok nie allein besucht werden sollte. Aufgrund dieser Meldungen war Tres einigermaßen beruhigt und erklärte, dass er mitkommen würde. In der Presse, im Radio und im Fernsehen wurde ständig über Mordanschläge in Moskau berichtet. Am frühen Morgen kurz vor dem Abflug in der Schweiz rief mich Tres zu Hause an und erklärte, dass er von seiner Entführung geträumt habe und jetzt definitiv entschlossen sei, nicht mit auf die Reise zu kommen. Wir sollten jedoch auf alle Fälle wie geplant nach Spassk fliegen.

So flogen wir dann von Zürich ohne das Konzernleitungsmitglied Pestalozzi in dreizehn Stunden nach Tokio. Per Taxi fuhren wir vom Flughafen in Tokio zum Hauptbahnhof, wo wir drei Stunden später den sauberen und sehr pünktlichen Shinkansen (Name des Liniennetzes der japanischen Hochgeschwindigkeitszüge) nach Niigata bestiegen. Zu meinem Erstaunen kannte auch Dominik Japan ziemlich gut. Er hatte nämlich als zwanzigjähriger Student den weltberühmten polnischen Pianisten Krystian Zimerman (geb. 1956) auf einer Konzerttournee in Japan begleitet (Zimerman war mit Dominiks Eltern eng befreundet). Nach zwei Stunden Wartezeit ging es weiter mit dem Bullet-Train nach Niigata. Diese Großstadt auf der japanischen Hauptinsel Honshu liegt 300 Kilometer nördlich von Tokio. Sie ist die größte Hafenstadt an der Küste zum Japanischen Meer. Der Bahnhof Niigata ist Endstation der Joetsu-Shinkansen, die in Ueno beginnt. Ungefähr acht Kilometer nordöstlich des Stadtzentrums befindet sich der Flughafen von Niigata. Diese Stadt ist von Wladiwostok durch das Japanische Meer getrennt. Die längere Wartezeit in Niigata wollten wir bei einem guten Mittagessen in einem japanischen Restaurant neben dem kleinen Flugplatz überbrücken. Leider hatten wir kein japanisches Geld bei uns und US-Dollar oder Kreditkarten wollte das Restaurant nicht annehmen, sodass wir schließlich auf die am Eingang des Restaurants – wie in Japan üblich – aus farbigem Kunststoff haargenau nachgebildeten und ausgestellten leckeren Speisen verzichten mussten und diese durch stramme Haltung ersetzten. Nach einem Flug von mehr als zwei Stunden mit der Aeroflot kamen wir schlussendlich am Flughafen von Wladiwostok an. Wir wählten diese etwas umständlichere Route über Tokio, weil wir einen Langstreckenflug innerhalb Russlands um jeden Preis vermeiden wollten. Wladiwostok ist Russlands wichtigste Hafenstadt am Pazifik sowie die Hauptstadt der Region (Oblast) Primorje. Die Entfernung zu Moskau beträgt mit der Transsibirischen Eisenbahn 9300 Kilometer und über die Luftlinie sind es 6430 Kilometer. Es klingt unglaublich, aber Wladiwostok ist ganze sieben Zeitzonen von Moskau entfernt! Als einer der Hauptstützpunkte der sowjetischen Pazifikflotte war diese Stadt bis 1991 für Ausländer gesperrt. Die Stadt ist auch bedeutsam wegen ihrer Grenznähe (100 Kilometer) zu China und der Fährverbindung zu Japan.

Zum besseren Verständnis der nachfolgenden Beschreibung der Erlebnisse im russischen Fernen Osten erlaube ich mir noch einen ganz kurzen historischen Rückblick:

1639 erreichten erstmals Russen die pazifische Küste. Mehr als zwei Jahrhunderte später, im Jahre 1858, wurde durch Annexion der Äußeren Mandschurei das vom Klima her etwas mildere Amur-Gebiet Teil des russischen Reichs. Bevor das zaristische Russland die Seeprovinz durch den Vertrag von Aigun erwarb, war die Pazifikküste in der Region von Wladiwostok durch die Völker der Jurchen und der Mandschu bevölkert. Dieser Vertrag wurde zwischen Russland und Qing-China am 28. Mai 1858 in der mandschurischen Stadt Aigun geschlossen. Er fügt sich in die Reihe der „Ungleichen Verträge" ein, zu deren Abschluss China im 19. Jahrhundert aufgrund der eigenen wirtschaftlichen und militärischen Schwäche gezwungen werden konnte. Der Kontrakt wurde am 14. Juni 1858 vom chinesischen Kaiser und am 20. Juli 1858 von der russischen Regierung ratifiziert. Dieser Vertrag war das Ergebnis eines langen russischen Expansionsprozesses im Amur-Gebiet und im Fernen Osten. Das linke Ufer des Amur vom Fluss Argun bis zur Ozeanmündung wurde Russland zugeschlagen, während das rechte Ufer flussabwärts bis zum Fluss Ussuri im Besitz Chinas blieb. Insgesamt verlor China durch diesen Vertrag Teile der Mandschurei, die ihm infolge des Vertrags von Nertschinks 1689 zugesprochen worden waren. Russland und China haben eine 3000 Kilometer lange gemeinsame Grenze.

Es fing bereits an, dunkel zu werden, als wir aus dem Flughafengebäude von Wladiwostok heraustraten und von neun Personen erwartet wurden. Unser Generaldirektor Kharif mit zwei Getreuen von Alfa Cement und die obersten Vertreter von Spassk warteten mit drei Geländewagen auf uns. Sie waren alle sehr enttäuscht, als ich ihnen erklären musste, dass Mr. Andreas Pestalozzi am Abend vor dem Abflug in der Schweiz erkrankt sei und der untersuchende Arzt ihn als nicht reisefähig erklärt habe. Im Gegensatz zu Japan war es hier sehr kalt und die Russen trugen bereits Winterkleider. Dicht hintereinander fuhren wir mit diesen drei Jeeps in nördlicher Richtung weg. Nach circa einer Stunde gab es einen ersten Halt auf dem Land zum Austreten, wobei sofort alle drei Wagen am gleichen Ort anhielten. Erst jetzt bemerkte ich, dass einige der Russen bewaffnet waren. Offenbar hatte Tres mit seinen erahnten Gefahren dieser Gegend nicht ganz unrecht. Da wir bereits mehr als 28 Stunden, ohne zu schlafen, unterwegs waren, nickte ich mehrmals im unbequemen Auto ein. Nach drei Stunden tauchten die Lichter der kleinen Stadt Spassk-Dalny (circa 120 Kilometer nördlich von Wladiwostok und 100 Kilometer von der chinesischen Grenze entfernt) auf und es wurde offensichtlich, wie sich unsere Begleiter plötzlich entspannten und anfingen, gesprächig zu werden. Sie fuhren mit Dominik und mir zum Gästehaus und erklärten, wir sollten in fünfundvierzig Minuten parat sein, um zu Fuß zum Nachtessen zu gehen. In dem mir zugewiesenen kleinen Zimmer musste ich noch vor dem Duschen und Rasieren die sich auf einem Stuhl befindlichen Leintücher und Wolldecken auf der Matratze des schmalen Betts befestigen. Die dicke und faule Dame an der Rezeption machte nämlich überhaupt keine Anstalten, mir in irgendeiner Weise zu behilflich zu sein. Freundliche und zuvorkommende Dienstleistungen, wie dies in Japan ausgesprochen der Fall ist, schienen im kommunistischen Regime völlig verschwunden zu sein. Obwohl China und Japan sich in unmittelbarer Nähe befinden, während Moskau Tausende von Kilometern entfernt ist, fühlt man sich hier mitten in Russland und nicht im Fernen Osten. Die kaukasischen Bewohner ohne asiatische Gesichtszüge, die Bauart der Häuser, die Möblierung in den Hotels, das Essen, die Sauna, die Musik, die Bekleidung der Leute und so weiter sind genau gleich wie überall im europäischen Russland. Demzufolge ist es erstaunlich, wie dicht die Abschottung zwischen den beiden sogenannten ehemaligen Bruderstaaten China und Russland gewesen sein muss. Die Globalisierung und die zunehmende Macht Chinas dürften dies in Zukunft aber ändern.

Spassk-Dalny mit ungefähr 50 000 Einwohnern grenzt an den Khanka-See an, der bis nach China hineinreicht. Dieser See ist 100 Kilometer lang und 80 Kilometer breit, wobei ein Viertel des Sees zu China gehört, der Rest ist russisch. Die Stadt ist mit einer Bahnstation an der Transsibirischen Eisenbahn angeschlossen, welche von Wladiwostok über Khaborovsk nach Moskau führt. Das größte Unternehmen ist JSC Spassk Tsement. Diese Zementanlage existiert seit 1907 und verfügt über eine Kapazität von 3,5 Millionen Tonnen Zement. Neben Kalkstein wird in der Gegend um Spassk-Dalny auch Marmor abgebaut, und es besitzt große Sandvorkommen.

Pünktlich nach fünfundvierzig Minuten wurden wir von unseren Gastgebern abgeholt und fröhlich und laut durcheinanderredend ging es zu Fuß durch das Städtchen zur Kantine für Spezialgäste. Es war offensichtlich, dass die Fabrikherren als Hauptarbeitgeber auch die Chefs dieser kleinen Stadt waren und sich hier sicher und zu Hause fühlten. Kharif hatte zum Glück seinen sehr gut Englisch sprechenden Sekretär Savitzki mitgenommen, sodass eine Unterhaltung mit den nur Russisch sprechenden Gastgebern einigermaßen möglich war. Beim Eintreten in den schön dekorierten Essraum befanden sich – wie in Russland üblich – Berge von kalten Speisen (mit den guten Fischen des Khanka-Sees) und zum Trinken Bier und Wodka und Blumen auf dem langen und schön hergerichteten Tisch. Zuerst wurden die Gäste aus der Schweiz auf Russisch, stehend mit einem Glas Wodka (mit der in Russland üblichen Fünfzig-Gramm-Einheit) in der Hand, in Spassk willkommen geheißen. Es folgten Trinksprüche und dann wurde Gesundheit zugeprostet (Na zdarovje). In der Folge wurde mehrmals stehend auf das Wohl Russlands und der Schweiz sowie auf die gegenseitige Freundschaft angestoßen und dabei jeweils das volle Glas Wodka in einem Zug ausgetrunken. Ich musste aus Höflichkeit dasselbe tun. Kein Wunder beträgt noch heute die durchschnittliche Lebenserwartung eines männlichen Russen nur 61,4 Jahre (für Russinnen immerhin 73,9 Jahre).

Die Bevölkerungsanzahl Russlands blieb von 1990 bis 1998 konstant bei 148 Millionen, fiel dann aber auf 142 Millionen Einwohner. Die Geburtenrate war zwar stabil, die ungenügende medizinische Versorgung führte jedoch zu einer hohen Kindersterblichkeit, abgesehen davon, dass viele Russen auswanderten.

Nachdem der Berg mit dem kalten Essen einigermaßen abgebaut war, kamen die warmen und fettigen Speisen und dann noch ein nahrhafter Nachtisch. Die Müdigkeit war vergessen, die Stimmung sehr gut. Das Essen bestand damals in ganz Russland noch aus konservativer Hausmannskost. Etwas anderes als Schtschi (Kohlsuppe), Borschtsch (Eintopf, auch rote Suppe genannt, mit Rindfleisch, Weißkohl, Kartoffeln, Karotten und so weiter) und Plow (Reistopf mit Fleisch und Möhren) kannten sie nicht. Nach drei Stunden wurden wir in die bescheidene Unterkunft zurückbegleitet. Seit dem Abflug in Zürich waren inzwischen vierzig Stunden vergangen.

Am folgenden Morgen stand die Fabrikbesichtigung (A/O Spassk Tsement) auf dem Programm. Da es grimmig kalt war, dazu ein starker Wind blies und wir nicht entsprechend ausgerüstet waren, bekamen die beiden Schweizer von der Fabrikleitung dicke Jacken ausgeliehen, sodass wir jetzt wie Russen aussahen und uns fast schon als solche fühlten. Es handelte sich um zwei Anlagen, eine Nass- und eine Trockenfabrik (Spassky und Novospassky) mit insgesamt 9 Zementöfen und einer Jahreskapazität von 3,5 Millionen Tonnen. Der Zementabsatz lief wie in ganz Russland schlecht, das Absatzgebiet war riesig, jedoch dünn besiedelt. Auch hier war „barter" das große Wort, das heißt, die Verkäufe wickelten sich fast immer über einen Tauschhandel ab. Deshalb war es wie überall in Russland schwierig, die Arbeiter „cash" zu bezahlen. Wir hatten bereits bei unserem letzten Besuch in Russland mit Kharif abgemacht, zu prüfen, ob allenfalls aus Wladiwostok oder aus dem benachbarten Hafen Nachodka Klinker ins Ausland exportiert werden könnten, um so die finanzielle Lage der Gesellschaft zu verbessern.

Die Automation des Werks war wenig fortgeschritten. Zudem müsste in den meisten Fabriken, die wir in Russland besichtigten, massiv in Staubfilter investiert werden. Die Zementöfen werden in Russland zu 90 % mit Gas betrieben und zu 10 % mit Kohle. Die Gaspreise lagen damals aber ganz wesentlich unter dem internationalen Durchschnitt, sodass kein großer Anreiz bestand, vom Nass- auf das Trockenverfahren umzustellen, auch wenn dieses nur die Hälfte der Energie benötigt. Kapital war fast keines vorhanden und die Kosten (Zinsen) dafür sehr hoch. Die Fabriken wurden mit vielen Arbeitern betrieben, sodass die Arbeitsproduktivität („labour productivity") drei bis fünf Mal tiefer war als in westlichen Ländern. Aufgefallen war uns auch, dass praktisch keine Arbeiten an Dritte vergeben (outsourcing) wurden: Alle Reparatur- und Unterhaltsarbeiten wurden durch die eigenen Mitarbeiter durchgeführt, so auch die Bewachung der Anlagen, die Sozialeinrichtungen und der Transport der Belegschaft.

Den Nachmittag verwendeten wir – noch zusätzlich in Begleitung des Werksdirektors von Sakhalin – auf die Besichtigung der gesamten Sozialeinrichtungen der beiden Fabriken. Dazu gehörten ein beheiztes großes Hallenschwimmbad (in schlechtem Zustand), ein Kindergarten, ein sogenanntes Sanatorium und eine Sauna (Banja). Im bescheiden aussehenden Sanatorium konnten sich die Arbeiter unter anderem ärztlich untersuchen lassen, Schlammbäder nehmen und gegen ein kleines Entgelt massieren lassen sowie Pingpong spielen, fernsehen oder Bücher der Bibliothek lesen.
Als wir zuletzt bei der Banja für die Fabrikdirektion ankamen, war diese Sauna bereits aufgeheizt und mit frischen Tüchern ausgestattet. Auf einem Tisch standen Getränke (Tee und Wodka) und Gebäck bereit. Neben der Fabrikleitung war auch noch ein kleiner russischer Werksleiter aus Sakhalin dabei, der mit Kharif befreundet war. Mit Birkenzweigen voller Blätter musste man sich im Dampfbad gegenseitig auf den Rücken und die Oberschenkel hauen, da-

mit die Blutzirkulation so richtig angeregt wurde und die Poren sich öffneten. Anschließend kühlte man sich in kaltem Wasser vor der Sauna ab. Für die Russen schien dies alles ein Riesenspaß zu sein, so gewissermaßen ein Symbol von Freundschaft und „Togetherness". Schließlich war in diesen abgelegenen Orten das kulturelle Angebot äußerst bescheiden.

An der technisch miserablen Fernsehübertragung konnte man in der höchst armseligen Lobby unseres Gästehauses unaufhörlich alte Schwarz-Weiß-Filme mit revolutionären Sujets sehen, wie zum Beispiel den glorifizierten Sturmangriff der Bolschewiki-Matrosen und Arbeiter am 7. November 1917 (russisch 24. Oktober) auf das St. Petersburger Winterpalais, den damaligen Sitz der Regierung. Dort hielt sich die (provisorische) Regierung unter dem Vorsitz Kerenskiys auf und führte zu dessen Sturz und Flucht. Lenin verlangte die sofortige Beendigung des Krieges und die entschädigungslose Enteignung der Großgrundbesitzer zugunsten der Bauern und Landarbeiter. Im Januar 1918 wurde die Sowjetunion gegründet und Lenin verlegte den Regierungssitz aus militärstrategischen Gründen nach Moskau. Der letzte Zar wurde samt seiner Familie in Jekaterinburg am 16. Juli 1918 ermordet. Die Bolschewiki wollten alle Romanovs beseitigen, um einer monarchischen Konterrevolution entgegenzuwirken.

Offensichtlich befanden wir uns in Spassk am 7. November 1994, also gerade am Jahrestag der Oktoberrevolution (7. November 1917).

Wie schon von Dominik geschildert, schienen mir gemeinsame Sauna, gemeinsames Essen und Trinken sowie ab 1. Mai (die Russen machen dann eine Ferienbrücke) den Garten der Datscha bewirtschaften die wenigen Vergnügen der Russen in der Sowjetzeit und auch noch bei unserem Besuch gewesen zu sein.

Eine Datscha ist ein Land- oder Ferienhaus, in dem Städtebewohner gerne die Wochenenden oder ihren Sommerurlaub verbringen. Die Größe der Datscha hängt nur vom Umfang des Geldbeutels ab. Es gibt alles: von riesigen Villen bis zu winzig kleinen Schrebergärten-Häuschen. Doch die meisten sind relativ kleine Holzhütten oder zweistöckige Holzhäuschen mit einem kleinen Garten, die in speziellen Datsch-Siedlungen liegen. Sobald es warm wird, packen sämtliche russische Familien jeden Freitagabend Badehosen, Essen und Getränke ein und flüchten für zwei Tage ins Grüne. Es ist üblich, im Garten Gemüse und Obst anzupflanzen. Nur selten bleibt Platz für Blumen.

Nach zwei Stunden in der Banja fühlt man sich zwar gut, aber doch irgendwie schlapp und völlig entspannt. Die Gruppe wird durch das gemeinsame Erlebnis der heißen Sauna, vielleicht auch durch das Trinken, irgendwie zusammengeschweißt, sodass beim nachfolgenden großen Nachtessen mit russischen Speisen eine familiäre Stimmung aufkommt und im Gespräch auch über persönliche Erlebnisse diskutiert wird. Auf diese Weise werden Freundschaften geschlossen und schlussendlich auch Geschäftsbeziehungen angebahnt. Ich möchte hier eine Geschichte des erwähnten Werksleiters von Sakhalin, der mit Kharif gut befreundet war und einen Tag und Abend mit uns in Spassk verbrachte, zur Illustration des Schicksals eines Wolgadeutschen wiedergeben. Zum besseren Verständnis werde ich vorher noch kurz ausholen:

Wolgadeutsche sind – wie von Dominik schon erwähnt – Nachkommen deutscher Einwanderer, die in den Jahren 1763 bis 1767 auf Einladung ihrer Landsmännin, der Zarin Katharina II., in ihr neues Siedlungsgebiet an der Wolga zogen. Katharina die Große (1762–1796) führte die Politik der Öffnung ihres Vorgängers fort, eroberte die Krim, Teile der Ukraine und Polens. Russland war ein absoluter zentraler Staat nach französischem Vorbild geworden. Die Deutschen wurden von der Zarin angeworben, um das Steppengebiet an der Wolga zu kultivieren und um die Attacken der Reitervölker aus Nachbargebieten einzudämmen. Schon zu Beginn des 20. Jahrhunderts zählte man allein in den Provinzen Saratow und Samara ungefähr 600 000 deutsche Siedler. Sie erhielten einen politischen Sonderstatus, der das Recht auf Beibehaltung des Deutschen als Verwaltungssprache, auf Selbstverwaltung sowie auf Befreiung vom Militärdienst umfasste. Als russische Untertanen bevölkerten sie zum größten Teil ein Gebiet vergleichbar mit der Größe von Belgien (circa 30 000 Quadratkilometer).

Stalin nahm den Wolgadeutschen die gesamte Getreideernte ab und verkaufte sie ins Ausland. Tausende von Wolgadeutschen starben an Hungersnot. Am 28. August 1941 – also nach dem Überfall von Nazideutschland auf die Sowjetunion – wurde durch Erlass des Obersten Sowjets der UdSSR „Über die Umsiedlung der Deutschen, die in der Wolga-Region leben" die gesamte deutsche Bevölkerung – jetzt nur noch 400 000 Menschen – der Kollaboration mit dem Feind für schuldig befunden. Die meisten brachte man nach Sibirien und Kasachstan. Mehr als 30 Prozent kamen in Arbeitslagern und im Gulag um.

Der Werksleiter von Sakhalin erzählte uns nach der Sauna beim Nachtessen, dass seine Mutter eine Russin gewesen sei und er selber von seinem Vater nur einige Brocken Deutsch gelernt habe. Er floh aus einem Arbeitslager in Kasachstan und marschierte Tausende von Kilometern – meistens nur nachts – immer weiter östlich. Er ernährte sich nur von Beeren und Wurzeln und gelegentlich von Fischen. Als er schlussendlich am Pazifik eintraf, konnte er sich von dort mit einem Fischerboot auf die Insel Sakhalin absetzen und untertauchen. Am Schluss seiner fast in monotoner Stimmlage gehaltenen traurigen, aber bewundernswerten Erzählung streckte er seinen rechten Arm aus, zog den Hemdsärmel hoch und zeigte auf seinen Arm, wo noch die tätowierte Nummer des Gulags zu sehen war. Ich war voller Bewunderung für seinen enormen Durchhaltewillen und seine Überlebensfähigkeiten. Erstaunlich für mich war, dass er mit keinem Wort über das Regime schimpfte, das ihn und seine Familie so unmenschlich und grausam behandelt hatte.

Auch bei Erzählungen anderer Russen, die Grausamkeiten und Erniedrigungen durch das kommunistische Regime über sich ergehen lassen mussten, hörten wir nie Rachegelüste oder Schimpftiraden. Die Russen schienen uns eine unbeschränkte Leidenskapazität zu haben.

Der Gulag ist zu einem Synonym für das umfassende Repressionssystem in der Sowjetunion, bestehend aus Zwangsarbeitslagern, Straflagern und Verbannungsorten, geworden. Sie dienten der Unterdrückung politischer Gegner, der Ausbeutung durch Zwangsarbeit und der Internierung von Kriegsgefangenen. Das Lagersystem stellte ein wesentliches Element der stalinistischen Herrschaft dar. Schon die russischen Zaren hatten politische Gefangene nach Sibirien (Katorga) verbannt. Dabei handelte es sich um viel weniger Menschen als in den Lagern der Sowjetzeit, in welchen zeitweise bis zu 2,5 Millionen Menschen inhaftiert waren. Es wird geschätzt, dass während des 70 Jahre lang dauernden kommunistischen Terrors insgesamt 18 Millionen Menschen in diesen Lagern gelitten haben. Die unmenschlichen Lebensbedingungen führten zum Tod vieler Hunderttausender Häftlinge. Die ersten kritischen Literaturwerke zum Gulag erschienen in der Sowjetunion während der Periode des Tauwetters. Das herausragendste aus dieser Zeit dürfte Alexander Solschenizyns „Ein Tag im Leben des Iwan Denissowitsch" sein. Solschenizyins Werk „Der Archipel Gulag" erschien im Ausland in den 1970er-Jahren und führte dazu, dass das Wort Gulag in vielen Sprachen zur Bezeichnung für das politische Repressionssystem der Sowjetunion wurde.

Im Steinbruch von Spassk Tsement im November 1994.
Von rechts: D. Wlodarczak, Werksleiter, Autor.

Am andern Tag besuchten wir den Hauptsitz von Spassk. Alfa Cement hatte bereits begonnen, Anteile an Spassk zu kaufen. Kharif beschloss, Anatoli von Alfa Cement für sechs Wochen nach Spassk zu delegieren, um dort vor Ort noch im größeren Umfang Anteile zu kaufen, bis die Mehrheit erreicht sein würde. Dabei war eine richtige „due diligence"-Prüfung gar nicht möglich. Beim Eindunkeln am Abend fuhren wir vom Werk in die Unterkunft nach Spassk-Dalny zurück. Auf dem offenen Feld sahen wir einen Besoffenen im Straßengraben im Schnee bei eisiger Kälte liegen. Wir hielten an und nahmen ihn mit, da er sonst dort liegen geblieben und nach kurzer Zeit erfroren wäre.

Weiterfahrt von Spassk nach Nachodka und danach Wladiwostok (November 1994)

Am folgenden Morgen ging es in aller Früh mit zwei großen Toyota-Allradfahrzeugen wieder südwärts, aber vorerst nicht zurück nach Wladiwostok, sondern in Richtung Nachodka. Die Strecke führte über längere Zeit auf einer leicht hügeligen Straße der Pazifikküste entlang. Im Lautsprecher der beiden Autos wurden praktisch ununterbrochen russische Schlager gespielt, deren Melodien wir am Ende der langen Fahrt beinahe auswendig konnten. Auf einmal sahen wir im Meer halb verrostete Kriegsschiffe, die zum Teil ganz schräg im Wasser lagen. Erst jetzt bemerkten wir, dass wir an einem Hafen der russischen Atomunterseeboote vorbeifuhren. Die ehemalige Sowjetunion hatte insgesamt 244 Atomunterseeboote gebaut. Mehr als 180 wurden inzwischen außer Dienst gestellt. Russland hatte anfangs der 1990er-Jahre eine sehr begrenzte Kapazität, diese U-Boote abzuwracken und umweltverträglich zu entsorgen. Dies konnten wir nun eindeutig feststellen und uns beschlich dabei das ungute Gefühl, die Gegend könnte noch atomisch verseucht sein. Die Unterkünfte der Matrosen machten einen höchst bescheidenen Eindruck. Erstaunlich, wie plötzlich am Straßenrand eine junge hübsche Russin mit gepflegten langen blonden Haaren in einem eleganten Ledermantel auftauchte und kurz darauf in einer der miesen Unterkunftsbaracken wieder verschwand. Da die Russen einen Lunch mitgebracht hatten, konnten wir stehend am rauschenden und windigen Pazifik im Sand auf dem heruntergeklappten Ladedeckel der beiden Fahrzeuge ein reichliches russisches Mittagessen einnehmen. Die Welt war wieder in Ordnung. Der Himmel ist in dieser Gegend jedoch nicht blau wie in der tropischen Pazifikgegend und das Meer eher grau.

Nachodka mit 165 000 Einwohnern zählt zu den am östlichsten gelegenen Städten Russlands. Es befindet sich an der Bucht von Nachodka am Japanischen Meer, gut 9000 Kilometer südöstlich von Moskau sowie 85 Kilometer östlich von Wladiwostok. Seine Bedeutung liegt im Güterumschlagplatz zwischen der Seeschifffahrt im Japanischen Meer und dem russischen Eisenbahnsystem. Hier herrscht, ähnlich wie in Wladiwostok, das für den russischen Fernen Osten typische Monsunklima mit kalten trockenen Wintern und windigen nassen Sommern bei häufigen Taifunen. Bis zum Untergang der Sowjetunion hatte Nachodka für westliche Touristen große Bedeutung als Endpunkt der Transsibirischen Eisenbahn und Fährhafen nach Japan, da Wladiwostok als Sitz der sowjetischen Pazifikflotte eine für Ausländer gesperrte Stadt war.

Als wir endlich in Nachodka eintrafen, besichtigten wir sogleich einen großen Kohlenterminal am Hafen. Hier wurde sibirische Kohle nach Japan verschifft. Dann überprüften wir die Hafeninfrastruktur, um allenfalls einen geeigneten Platz für den Klinkerexport von Zement aus Spassk zu finden, und führten mit den lokalen Behörden diesbezügliche Gespräche. Wir übernachteten in einem bescheidenen chinesischen Hotel und mussten feststellen, dass die Häuser oftmals ungeheizt waren, teilweise kein Warmwasser anboten und der Strom nur wenige Stunden pro Tag verfügbar war. Aufgefallen sind uns ebenfalls immer wieder die kleinen, einfachen russischen Holzhäuser am Stadtrand oder auf dem Land mit reich geschnitzten Verzierungen, die exakt gleich wie diejenigen in der Umgebung von Moskau aussahen und mich an die romantischen Bilder von Marc Chagall aus Russland erinnerten. Das war für mich erstaunlich, weil diese Holzbauweise im russischen Fernen Osten in einer sehr dünn besiedelten Gegend vorkam und dazu ganz in der Nähe des übervölkerten Chinas lag – mit einem ganz anderen Baustil und einer viel größeren Wirtschaftsdynamik. In ganz Sibirien, das ungefähr drei Viertel des russischen Territoriums umfasst, hat es nur etwa 25 Millionen Einwohner (die Bevölkerungsdichte liegt im Mittel bei nur 2,7 Menschen pro Quadratkilometer), und es liegt auf der Hand, dass China eines Tages aufgrund der wirtschaftlichen und militärischen Macht versuchen könnte, die „Ungleichen Verträge" (wie oben beschrieben) zu korrigieren und die Präsenz Russlands in Teilen Sibiriens und der Gegend von Wladiwostok infrage zu stellen.

Als wir von Nachodka am folgenden Tag in Wladiwostok eintrafen, besuchten wir die Hafenbehörden, die uns alle einen unseriösen Eindruck machten und vor allem an Geld interessiert waren. Beim nachfolgenden Spaziergang am Hafen entlang machte Savitzki uns wiederholt darauf aufmerksam, dass bis vor etwas mehr als zwei Jahren diese Stadt für Ausländer gesperrt war und ein schweizerischer Oberst (wie der Autor) sofort verhaftet worden und für lange Zeit verschwunden wäre. Als es eindunkelte, war unsere offizielle Mission beendet und wir verabschiedeten uns von Kharif und seinen Getreuen. Wir wurden noch zu einem modern aussehenden japanischen Hotel geführt und hofften insgeheim, dass diesmal die Heizung, das Wasser und der Strom funktionieren würden. Die uns zugewiesenen Zimmer im sechsten Stock sahen modern aus und es schien uns, dass diesmal alles funktionieren würde. Ich freute mich schon auf die warme Dusche und das wohlverdiente Nachtessen. Kaum hatte ich mein Hemd ausgezogen in der Absicht, die warme Dusche zu genießen, wurde es komplett dunkel im Zimmer. Ich nahm Kontakt mit Dominik in einem benachbarten Zimmer auf. Dieser hatte nach längerem Suchen eine Taschenlampe gefunden und wartete vor der Tür auf mich, bis ich mich im Dunkel wieder ganz angezogen hatte. Da der Lift auch nicht funktionierte, schritten wir vorsichtig die enge Wendeltreppe Stockwerk um Stockwerk hinunter, Dominik immer mit der spärlich leuchtenden Taschenlampe vor mir schreitend. Zum Glück entdeckten wir zuunterst beim Hoteleingang die mit Kerzenlicht beleuchtete Bar. An den Tischen hatte es kein Licht. Wir setzten uns deshalb im Halbdunkel zu einigen andern Hotelgästen an die Bar und erhielten Getränke und sogar ein kaltes kleines Nachtessen. Als die Stromzufuhr nach einer Stunde wieder funktionierte, war es plötzlich ganz hell und wir bemerkten erst jetzt, dass eine attraktive junge blonde Dame neben uns an der Bar Platz genommen hatte. Da wir kein Wort Russisch sprechen konnten, nahm ihr Interesse an den beiden Schweizern schon bald ab. Immerhin bemerkten wir auf unseren Russlandreisen, dass die russischen Frauen ausgesprochen emanzipiert sind und ihre Sexualität betonen. Die Männer hingegen versuchen ihre Frauen herumzukommandieren und verhalten sich machomäßig, wie die folgende Geschichte illustriert:

Nach einer Sitzung mit dem Management der Alfa Cement in Moskau ging ich mit einigen dieser Leute ein Bier trinken. Dabei wurde heftig über den Sexskandal von Präsident Clinton mit seiner Praktikantin (Monika Lewinsky) diskutiert. Den Russen war es schleierhaft, wie es möglich war, dass ein solcher Fall überhaupt die Weltpresse beschäftigte, den Präsidenten der Vereinigten Staaten beinahe das Amt kostete und weite Teile der amerikanischen Bevölkerung sich über diesen Vorfall moralisch dermaßen entrüsten konnten. Die Russen meinten, hier in Russland würde sich kein Mensch ob einer solchen Bagatelle aufregen – im Gegenteil, einen so gut aussehenden und virilen Präsidenten möchten sie selber gerne haben. Hier habe es genügend willige Frauen und von einem Skandal würde mit Sicherheit niemand sprechen.

Am folgenden Tag befanden wir uns wieder im Flugzeug von Wladiwostok nach Tokio, wo bei der Ankunft alles extrem gut funktionierte. Der Service des Auskunftsdienstes am Flughafen, der Bediensteten im Hotel, wo wir übernachteten, des Taxifahrers und der Verkäuferinnen war im Vergleich zu Russland wie Tag und Nacht, das diesbezüglich immer noch von der Kultur einer staatshoheitlichen und entsprechend unfreundlichen Dienstleistungsmentalität der Sowjetunion geprägt war.

Im bereits erwähnten Buch von Gisela Tobler („Russen sind anders") schildert die Autorin beziehungsweise Karl Eckstein die Dienstleistungsgesellschaft in der Sowjetunion: „Restaurants wurden über Mittag mit der Begründung geschlossen, das Personal sei jetzt beim Mittagessen und könne deshalb keine Gäste bedienen. Die Geschäfte waren vor allem dann geöffnet, wenn die Leute bei der Arbeit waren oder zumindest sein sollten. Auf die Idee, die Öffnungszeiten anzupassen, kam niemand. Alle ließen sich vom Staat bedienen, aber arbeiten wollte keiner ... Die normalen Bürger mussten bei Schneegestöber und Dauerregen stundenlang auf einen Autobus warten, während Parteibosse in noblen Limousinen vorbeifuhren und in ihren Läden besten Wodka in Flaschen mit Dauerverschluss kauften. Die Wodkaflaschen des Fußvolkes waren hingegen mit einer Lasche verschlossen, die beim Öffnen meistens riss, sodass zuerst mit Nadel und Messer hantiert werden musste, bevor man an den Inhalt kam."

Im Swissair-Flugzeug von Tokio nach Zürich saß neben mir der bekannte schweizerische Botschafter und Handelsdiplomat Arthur Dunkel, Generaldirektor von 1980–1993 des Allgemeinen Zoll- und Handelsabkommens GATT mit Sitz in Genf. Ich hatte ihn bereits früher einmal flüchtig kennengelernt. Er war sehr aktiv in der Uruguay-Runde tätig, und als die Verhandlungen nicht vorwärtskamen, entwarf er den bekannten „Dunkel Draft". Dieser Entwurf wurde mit wenigen Änderungen von allen beteiligten Ländern akzeptiert und anschließend zur Grundlage der WTO (World Trade Organization). Wir unterhielten uns sehr gut und er erzählte mir unter anderem, dass er nach Japan gekommen sei, weil er hier junge japanische Künstler unterstütze.

Nach unserer Rückkehr in die Schweiz kaufte die Alfa-Bank weitere Anteile an Spassk. Anatoli von Alfa Cement wurde für sechs Wochen nach Spassk delegiert, um dort vor Ort Anteilscheine zu kaufen, bis die Mehrheit erreicht war. Dieses Ziel wurde in der Folge auch erreicht.

Mittagessen am windigen Pazifikstrand zwischen Nachodka und Wladiwostok.

Einstieg der Weltbank (IFC) – Verhandlungen vom Herbst 1994 bis Winter 1995/96

Nachdem wir den Vertrag unterschrieben hatten und die Holderbank-Beteiligung an Alfa Cement offiziell wurde, hörte auch die Weltbank davon. In der Folge wurden wir von Khosrov Zamani kontaktiert, der bei IFC (International Finance Corporation), einer Tochter der Weltbank, verantwortlicher Gebietsleiter für Osteuropa war. Bei unserem ersten Kontakt am Telefon wollte er wissen, ob Holderbank Interesse an einer IFC-Finanzierung von Alfa Cement hätte, die das weitere Wachstum der Gruppe und die Stärkung der Marktposition ermöglichen würde. Wir standen einem Einstieg von IFC positiv gegenüber, denn mit einem so gewichtigen Partner an Bord würden wir trotz des guten Netzwerkes von Kharif weniger angreifbar und könnten unsere Interessen besser verteidigen, sollten wir aus irgendeinem Grund unter politischen Druck geraten oder rechtliche Schwierigkeiten bekommen. Gleichzeitig würden zusätzliche Finanzmittel es der Alfa Cement erlauben, ihre bestehenden Beteiligungen weiter aufzustocken, Vertriebsstrukturen aufzubauen (insbesondere in Moskau) und gewisse Investitionen in den Werken vorzunehmen. Mittels Vorkaufsrechten an den IFC-Anteilen könnte Holderbank Zeit gewinnen, indem sie ihre bestehende Beteiligung erst dann aufstockt, wenn IFC in ein paar Jahren aussteigen wird und die Risiken in Russland überschaubar geworden sind. All diese Gründe sprachen für ein Engagement von IFC. Wir trafen Zamani zu einem ersten Gespräch in Moskau, woraufhin auch unsere russischen Partner dem Einstieg von IFC im Grundsatz zustimmten.

Zamani wollte ein allfälliges Investment bei Alfa Cement in Kooperation mit ING Barings Bank durchführen. Offenbar hatte IFC in Russland bereits mehrere Transaktionen mit Barings durchgeführt und wollte einen Teil der Strukturierung Barings machen lassen. Leiter von Barings in Moskau war der Amerikaner Richard Sobel, der einige Jahre bei der EBRD (European Bank for Reconstruction and Development) arbeitete und gut Russisch sprach. Dieser Mann mit einem Harvard MBA beeindruckte mich damals mit seinen ruhig vorgebrachten, aber sehr präzisen Argumenten. Er ist heute der CEO von Alfa Capital Partners (a private equity firm specializing in management buyouts), eine Firma, die 2003 gegründet wurde.

Es folgen mehrere Verhandlungsrunden, in denen die Eckpunkte einer Beteiligung von IFC/Barings festgelegt werden. Nachdem diese in einer Absichtserklärung verabschiedet werden konnten, führte IFC/Barings eine Due Diligence durch. Im Rahmen dieser Prüfung unternahmen wir im Sommer 1995 mit Zamani und einem seiner Analysten eine Rundreise zu den Werken Shurovo, Gornosavodsk und Volsk. Auf Basis der Daten aus der Due Diligence und den Werksbesuchen machte IFC einen Vorschlag für ihren Einstieg bei Alfa Cement in Höhe von 20 Millionen US-Dollar. Dieser definierte gleichzeitig klare Investitionsschwerpunkte für die Verwendung der von IFC/Barings eingebrachten Mittel. Darüber hinaus stellte IFC die Bedingung, dass Alfa Cement mit Holderbank einen Managementvertrag abschließt, der die Holderbank verpflichtet, konkrete Unterstützung bei der Restrukturierung und Produktivitätssteigerung von Alfa Cement zu leisten. Die Verhandlungen zum Beteiligungsvertrag zogen sich dann bis in den Winter 1995/96 hinein. Auf unserer Seite war wieder Chadbourne & Park involviert. IFC/Barings wurde von Norton Rose juristisch beraten. Im Frühjahr 1996 wurde dann der Einstieg von IFC/Barings unterschrieben.

Im Jahr 2007 traf ich Khosrov Zamani zufällig in Almaty (Kasachstan) in leitender Stellung bei der Europabank (EBRD) wieder und wir sprachen fast nostalgisch über die aufregende Zeit 1994–96 in Moskau. Ich befand mich damals in Almaty auf einer Mission in meiner Eigenschaft als schweizerischer Honorarkonsul der Republik Kasachstan. Dieses riesige, steppenreiche Land – so groß wie ganz Westeuropa – verfügt über gewaltige Ölvorkommen und Bodenschätze. Seit der Unabhängigkeitserklärung 1991 regiert der Präsident Kasachstans, Nursultan Nasarbayev, unangefochten und autoritär über ein Land mit einer Bevölkerung von nur 15 Millionen mit einer Mischung aus Pragmatismus und visionären Ideen. Schon vor dem Zerfall der Sowjetunion war er als Generalsekretär der Kommunistischen Partei der Kasachischen Sozialistischen Sowjetrepublik der mächtigste Mann des Landes. Für mich war es interessant zu beobachten, wie die Regierung erfolgreich versucht, dem riesigen, aber dünn besiedelten Gebiet eine Identität zu vermitteln. Die ehemaligen Russen, welche zur Zeit der Unabhängigkeit noch die Hälfte der Bevölkerung ausmachten, stellen jetzt nur noch ein Drittel dar, wobei zwei Drittel aus der asiatischen Bevölkerung bestehen. In den Ministerien und auch in den Läden wird tagtäglich fast nur Russisch gesprochen. Die heute mehrheitlich asiatische Bevölkerung spricht zu Hause jedoch häufig eine andere Sprache, nämlich eine Turk-Sprache. Auch die Kinder der ehemaligen Russen müssen heute schon im Kindergarten ebenfalls die Turk-Sprache lernen. Der neu entstandene Nationalismus hilft der Bevölkerung des Landes, eine ehemalige Sowjetrepublik, zusammenzuwachsen und eine neue eigene Identität zu finden.

Es sei noch nachgetragen, dass ich im Jahr 2002 von Markus Oberle, dem damaligen CEO von Alfa Cement in Moskau, einen Anruf erhielt, ob ich ihm in meiner Eigenschaft als Honorarkonsul von Kasachstan nicht helfen könne, von der Fabrik Volsk an der Wolga „sulphur-resistent"-Zement nach Kasachstan zu exportieren, da dieser Spezialzement in den Ölfeldern des Kaspischen Meers benötigt werde und keine kasachische Zementfabrik diesen Zement produziere. Ich konnte in der Folge mithilfe des kasachischen Botschafters in Bern ein Treffen mit dem Industrie- und Handelsminister der Republik Kasachstan in Genf organisieren. Nur zwei Monate später wurde die Einfuhr des russischen Spezialzements von den kasachischen Behörden genehmigt und der Verkauf dieses importierten Zements aus Russland konnte beginnen.

Im Privatflugzeug von Moskau nach Perm
(September 1995)

Durch den Kapitaleinschuss der Holderbank für eine Beteiligung an der Alfa Cement und später der IFC/Barings besaß diese Zementgruppe unter der Leitung von Kharif genügend Geld, um die verschiedenen wichtigen Beteiligungen – insbesondere an Shurovo und Spassk – in kurzer Zeit aufzustocken und die faktische Kontrolle über diese Gesellschaften zu erhalten. Alfa Cement war jetzt die größte russische Zementgruppe. Die zentralen Management-Strukturen waren aber noch ungenügend und es war höchste Zeit, eine effiziente zentrale Organisation zu schaffen, die Synergien für die von der Alfa Cement beherrschten Gesellschaften – Gornosavodsk, Volsk, Spassk und Shurovo – zu bringen vermochte. Für die übrigen Gesellschaften war es notwendig, professionell zu prüfen, ob diese Beteiligungen aufgestockt oder allenfalls verkauft werden sollten, wobei nur Novoros am Schwarzen Meer eine strategisch sehr wichtige Minderheitsbeteiligung war.

Da sich der Hauptsitz der Alfa Cement in Perm im Ural befand und die Zentrale immer mehr Mitarbeiter auswies, war es unbedingt nötig, zu prüfen, was sich in Perm genau abspielte. Tres Pestalozzi, der stark mit anderen Akquisitionen in Osteuropa beschäftigt war, kam stets an die Verwaltungsratssitzungen (mittlerweile war ich selber Mitglied geworden), konnte aber öfters die zeitaufwendigen Reisen in Russland nicht noch zusätzlich bewältigen.

Um nicht allzu viel Zeit mit dem umständlichen und zeitaufwendigen Reisen in Russland zu verbringen, beschlossen Dominik und ich kurzerhand – nach Absprache mit Kharif –, einen russischen Jet zu mieten, was nicht viel teurer als Einzeltickets war und die langen Wartezeiten auf den Flughäfen wesentlich verkürzte. Da sich kaum jemand in Holderbank für Russland interessierte und wir diskret vorgingen, war die Gefahr der neidvollen Gerüchteküche bei

Kollegen und Vorgesetzten minimal. Auch Tres, der wie wir nicht genau wusste, was in Russland schlussendlich bei den Investitionen herauskommen würde, spielte dieses Investment offiziell als unbedeutend herunter. Kharif hatte weiterhin angeordnet, dass Nikiforov von Shurovo und ein alter Vertrauter von Kharif aus Moskau sowie der Hofübersetzer Savitzki (er wohnte in Moskau) mitfliegen sollten. Bei Nikiforov ging es darum, diese ziemlich starke Persönlichkeit ohne Schwierigkeiten in die Alfa-Cement-Gruppe zu integrieren. Pünktlich fand sich die ganze Delegation auf dem Flugplatz in Moskau ein. In der gebuchten Chartermaschine der Aeroflot wurden wir von der Crew vorzüglich behandelt und entsprechend bewirtet. Wir saßen sehr bequem und hatten Platz im Überfluss. Kein Wunder, dass nach kürzester Zeit beim Trinken des russischen Champagners eine Art Feststimmung aufkam. Die Russen fingen an, skurrile Geschichten zu erzählen. Ich erinnere mich nur an diejenigen von Savitzki:

Eine arme Babuschka (Großmutter mit Kopftuch) verkaufte vor der Kremlmauer in Moskau Rüben aus Tschernobyl (katastrophaler Reaktorunfall am 26. August 1986 im Atomkraftwerk; auch nach 25 Jahren ist die Gegend immer noch verstrahlt) zu einem viel höheren Preis als die andern Rübenverkäuferinnen. Eine interessierte Käuferin erkundigt sich nach diesen Rüben mit dem hohen Preis und fragt die Babuschka, was denn das Besondere an den Rüben aus Tschernobyl sei. Diese antwortet: Meine Rüben sind besonders geeignet für böse Schwiegermütter!

In Perm wurden wir in den fast schon eleganten und gut eingerichteten Büros von Kharif empfangen. Er stellte uns seine neuen, meistens jungen Mitarbeiter und Mitarbeiterinnen vor. Ich erinnere mich nur an Stanislav Arkhipov, Alex Kruppa und Olga Kochova. Die hübsche Tochter von Kharif war ebenfalls bereits eingestellt worden. Dominik und ich hatten das ungute Gefühl, dass Kharif für sein Imperium bereits einen überdimensionierten Stab (Wasserkopf) hatte. Es wurde uns eine gut vorbereitete Präsentation über den Stand der Beteiligungen und das weitere Vorgehen vorgestellt.

Infolge der immer noch tiefen Zementpreise war der Cashflow der Gruppe mehr als bescheiden und es musste über Sparmaßnahmen diskutiert werden. So sprachen wir unter anderem darüber, dass die großen Sozialeinrichtungen (Hallenschwimmbäder, Sauna, Sanatorium, Kindergarten, Sportplätze) der Werke angesichts der sich immer noch im Sinkflug befindlichen russischen Wirtschaft nicht mehr tragbar waren und den jeweiligen Gemeinden übertragen werden sollten. Den Abend verbrachten wir mit insgesamt zwölf Herren in einem eleganten und guten, aber bestimmt teuren Restaurant in Perm.

Es wurde uns klar, dass wir in der Zentrale einen Holderbank-Mann – einen kompetenten, zuverlässigen und gut Russisch sprechenden Vertreter einsetzen mussten. Ich schlug Tres dann Cyrille Kisselevsky vor, der früher bei Ciments d'Origny (Holderbank-Tochter Frankreich) als Leiter Human Ressources gearbeitet hatte. Ich wusste damals noch nicht, dass der Vater von Cyrille, der 1922 nach Frankreich flüchtete, ein Uradliger und sein Großvater auch noch Kommandant eines Zarenregiments gewesen war.

Unter Katharina der Großen erhielt der russische Adel (Dworjanstwo) 1785 totales Verfügungsrecht über die ihm untertanen Bauern. Dies wurde unter Zar Alexander II. durch das Gesetz von 1886 über die Abschaffung der Leibeigenschaft geändert. Die Oktoberrevolution des Jahres 1917 schaffte den Adel ab. Viele Adlige wurden verfolgt, inhaftiert und erschossen. Der Vater von Cyrille floh 1922 nach Paris und sandte Cyrille, der in Paris geboren wurde, später an Samstagen in die russische Schule in Paris. Erst nach 1991 wurden Adelsverbände und Organisationen der adligen Traditionspflege wieder erlaubt. Im Juli 1998 wurden die sterblichen Überreste der Zarenfamilie von Jekaterinburg nach St. Petersburg überführt und dort in Gegenwart des Staatspräsidenten Boris Jelzin in der Peter-und-Paul-Kathedrale feierlich beigesetzt. Die russische Bevölkerung ist heute an ihrer vorrevolutionären Geschichte wieder interessiert, sodass auch das Interesse an den ehemaligen adligen Familien wieder gewachsen ist.

Cyrille Kisselevsky wohnte seit April 1996 mit seiner Frau in einer winzig kleinen Wohnung in der Nähe des Hotels *Ukraine*. Er erzählte uns, dass diese Wohnung im Vergleich zu den engen Kommunalwohnungen (kommunalkas) geradezu eine Luxuswohnung sei. Bereits kurz nach der Machtübernahme im Oktober 1917 begannen die Bolschewiki in Moskau mit der Enteignung großer Wohngebäude, besonders der bürgerlichen und aristokratischen Oberschicht. Gleichzeitig setzte die Umverteilung des beschlagnahmten Wohnraums zugunsten des „Proletariats" ein. Chruschtschow kurbelte den sozialen Wohnungsbau an. So wurden auch am Stadtrand in Moskau neue Quartiere in billiger Norm- und Fertigbauweise errichtet. Diese erhielten die Bezeichnung „chruschtschoby", eine Verballhornung des Wortes truschtschoby (Elendsviertel). Im Arbeiterparadies der Sowjetunion wohnte die Mehrheit der städtischen Bevölkerung in jämmerlichen Kommunalwohnungen von heruntergekommenen Altbauten. In jedem Zimmer war eine Familie untergebracht, wobei alle Familien die gleiche Küche und Toilette benützen mussten. Nach westlichen Vorstellungen ein wahrer Horror. Dies führte zu ständigen Reibereien unter den verschiedenen Familien. Noch bis Mitte der 1990er-Jahre wohnte die Mehrheit der Einwohner Moskaus in solchen Kommunalwohnungen. Als der Wohnungsmarkt anfangs der 1990er-Jahre privatisiert wurde, kauften sich viele clevere Moskauer für wenig Geld billig gebaute Wohnungen an der Peripherie der Stadt. Sie offerierten den in einer unglaublich engen Kommunalwohnung lebenden Familien die von ihnen gerade gekauften Wohnungen jeder einzelnen Familie ganz billig, damit diese aus dem Stadtzentrum in eine eigene Wohnung in der Peripherie umzogen. Eine eigene, wenn auch äußerst bescheidene Wohnung zu haben, war für diese Menschen in den Kommunalwohnungen ein lang gehegter Traum. Bei dieser Übung kamen die Schlaumeier, die den Auszug der Familien aus der zentralen Stadtwohnung organisiert hatten, zu relativ großen Wohnungen im Stadtzentrum, die sie dann renovierten, für sich behielten oder sehr teuer weiterverkauften. Kisselevsky schätzt, dass heute nur noch 10 Prozent der Bevölkerung Moskaus in solchen Kommunalwohnungen hausen.

Das alte sowjetische Heizsystem hat aufgrund der Erzählungen von Cyrille wahrlich seine Tücken: Fast alle Häuser in den großen Städten sind an die Fernwärme angeschlossen, die Heizkörper in den Wohnungen besitzen keinen Regelknopf. Die Fernwärme wird in Moskau erst dann angeschaltet, wenn die Durchschnittstemperatur an fünf Tagen nacheinander unter acht Grad liegt. Weil sich in den meisten Wohnungen die Heizung nicht steuern lässt und es keine Ventile gibt, von Thermostaten ganz zu schweigen, kann im Winter bei sibirischen Minusgraden oft nur das Öffnen des Fensters davor retten, dass das heimische Wohnzimmer zur Sauna wird. Es ist in den meisten Wohnungen also entweder zu kalt oder zu heiß, vor allem wenn bis im Mai geheizt wird wie im kältesten Winter.

Am nächsten Tag trafen wir mit dem VIP-Service um 14.00 Uhr auf dem Flugplatz von Perm ein, wo wir direkt zu unserer Privatmaschine geführt wurden, die bereits für den Rückflug nach Moskau startklar war. Wir wurden wiederum nach Noten verwöhnt und schätzten den Luxus einer Privatmaschine sehr.

Das von uns gemietete Privatflugzeug im September 1995. Im geräumigen Flugzeug links D. Wlodarczak und daneben der Autor.

Moskau–Kolumna–Moskau–Perm (20.–23. März 1996)

Das Engagement der Holderbank in Russland interessierte außer Andreas Pestalozzi und Anton E. Schrafl praktisch nach wie vor niemanden der Holderbank-Geschäftsleitung. Toni hatte sich – wie oben bereits geschildert – am WEF in Davos im Februar 1996 für ein Gespräch mit der Russendelegation interessiert und mich dazu eingeladen. Er war eigentlich, seit ich ihn kenne, immer ein Visionär in der Holderbank-Führung gewesen. Seine Voraussagen über kommende Trends in der Zementindustrie und der wirtschaftlichen sowie politischen Entwicklung westlicher und östlicher Länder traten in der Regel auch ein, allerdings manchmal erst Jahre später. Toni hatte bereits während seines Studiums an der ETH-Zürich Russischunterricht genossen, als diese Sprache während des „Kalten Krieges" noch verpönt war. Mein Vorschlag, auf eine Reise zur Besichtigung von Zementwerken in Russland mitzukommen, gefiel ihm so gut, dass er beschloss, auch seine charmante Gattin Catherine mitzunehmen. Dominik und ich waren dabei nicht ganz selbstlos, insofern als es uns ein Anliegen war, „opinion leaders", die an das Potenzial von Russland glaubten, vor Ort dabeizuhaben. Insgeheim hofften wir, noch weitere so günstige Akquisitionen von Zementwerken einfädeln zu können, was damals ohne Weiteres möglich gewesen wäre.

Vor der geplanten Reise ließ mich Toni in sein Büro in Zürich kommen und erklärte mir unerwartet, dass er nur mitkomme, wenn ich ihm einen kleinen Geigerzähler beschaffen würde. Ich machte mich sogleich in Zürich auf die Suche nach einem solchen Gerät. Zu meiner Überraschung wurde ich schon nach kurzer Zeit fündig und fand einen Geigerzähler in Form einer Uhr, der ums Handgelenk befestigt werden konnte. Für Tres kaufte ich ebenfalls eine solche spezielle Uhr. Vermutlich hatte Toni den Verdacht, dass im Ural durch die Atomtests oder von Atomkraftwerken noch Verstrahlungen wie bei Tschernobyl bestanden.

Wir flogen alle zusammen in einer Swissair-Maschine nach Moskau, wo wir im bewährten Hotel *Metropol* abstiegen; inzwischen hatte ich dort einen günstigen „corporate rate" aushandeln können. Mit einem Charterflug ging es am nächsten Tag nach Perm weiter. Wir wurden mit allen Ehren abgeholt und sogleich am Stadtrand in ein von der Außenwelt völlig abgeschirmtes kleines Luxushotel ohne Namen gebracht, das noch vor drei Jahren nur für hohe Parteibonzen der Sowjetunion reserviert war. Da Tres dringend mit Kharif und seinen Getreuen Besprechungen durchführen wollte, organisierten wir für Toni einen Helikopter, der ihn direkt in die Zementfabrik von Gornosavodsk brachte. Toni war von diesem Flug über die weiten Wälder begeistert, umso mehr, als der Geigerzähler nie richtig ausschlug. Mehr „Glück" hatte Tres auf einem anderen Helikopterflug von Gornosavodsk nach Perm, wie er mir erzählte. Beim Überflug einiger Gebäude begann sein Geigerzähler intensiv zu ticken, allerdings nicht stärker als in einem Passagierflugzeug auf zehn Kilometern Höhe. Mehr beunruhigte ihn jedoch der Kübel, welcher mitten im Helikopter unter dem Getriebe baumelte. Er diente dazu, das ausfließende Öl aufzufangen, um es nach dem Flug wieder ins Getriebe leeren zu können. Auch der rostige Nagel, der zur Sicherung der Verriegelung einer riesigen Klappe im Boden des Helikopters diente, trug nicht besonders zur Beruhigung betreffend Flugsicherheit bei.

Mit dem gleichen Charterflugzeug flogen wir alle bequem wieder nach Moskau zurück. Kharif hatte für den Vizepräsidenten des Holderbank-Verwaltungsrates und Tres bereits einen Besuch bei der obersten Leitung der Alfa-Bank abgemacht. Wir waren einige Minuten zu früh da und warteten deshalb vor dem Gebäude der Bank auf die angekündigte Ankunft von Mikhail Fridman und Piotr Aven, die wenige Minuten später pünktlich eintrafen. Am Haupteingang der Alfa-Bank trafen ein großer gepanzerter Mercedes und zwei Begleitfahrzeuge ein, wobei die Bodyguards der Begleitfahrzeuge sofort um das Auto herumstanden, aufmerksam in jede Richtung spähten und erst dann die Tür des Mercedes öffneten. Die beiden obersten Executives der Alfa-Bank stiegen nun endlich aus. Fridman war im Gegensatz zu Aven etwas untersetzt, rund im Gesicht und machte einen stämmigen Eindruck. Er sah so aus, wie sich der kleine Moritz in der Schweiz einen mit allen Wassern gewaschenen russischen Geschäftsmann vorstellte. Die Nummern eins und zwei, das heißt, die beiden wichtigsten Aktionäre der Bank grüßten uns freundlich und luden uns in ein Konferenzzimmer ein.

Die Wirtschaftskarriere von Mikhail Fridman nahm einen phänomenalen Verlauf: Er stammt aus einer in Lemberg ansässigen jüdischen Familie. Bereits als Student am Moskauer Institut für Stahl und Metalllegierungen begann er mit verschiedenen in der damaligen Sowjetunion noch illegalen Jobs, wie privates Fensterwaschen und Betreiben einer Diskothek, aber auch einer Art Theaterkassen-Mafia. In der liberaleren Ära unter Gorbatschow gründete der zu dieser Zeit in einer Maschinenbaufirma angestellte Fridman Kooperativen in verschiedenen Sparten, beispielsweise in einem Immobilienmaklerbüro für Ausländer, einen Zigaretten- und Parfümimport, einen Computerhandel und so weiter. Zwei Jahre nach seinem Studienabschluss gründete er die „Alfa Eco Group", welche mit dem Schweizer Unternehmen „ADP Trading" verbunden war, und importierte Zucker, Tee, Zigaretten und andere Waren nach Russland. 1992 erhielt Alfa zudem die Lizenz für den Export russischen Erdöls. Aus diesen Anfängen entwickelte sich die „Alfa Group". Sein Partner war Piotr Aven. Vor drei Jahren wurde Fridmans Vermögen von Forbes mit über 20 Milliarden US-Dollar und dasjenige von Aven ebenfalls in Milliardenhöhe US-Dollar geschätzt.

Wir führten ein anregendes und äußerst interessantes Gespräch mit den beiden Oligarchen, wobei wir feststellen konnten, dass sie über Holderbank und deren Geschäfte in Russland genauestens informiert waren. Gute Beziehungen mit zwei der mächtigsten Oligarchen konnte für das Holderbank-Investment nur von Vorteil sein.

Am nächsten Tag fuhren wir in aller Frühe mit mehreren Autos nach Kolumna, in dessen Nähe sich das Werk Shurovo befindet. Wir besichtigten die Anlage und den Steinbruch und hatten in einem Sitzungszimmer eine interessante Unterhaltung mit dem Werksdirektor Nikiforov. Kharif und seine wichtigsten Mitarbeiter – sowie Kisselevsky – waren ebenfalls dabei.

Vor dem Hauptsitz der Alfa-Bank
März 1996: M. Fridman begrüßt einen Vertreter von Alfa Cement.
Rechts außen A. Pestalozzi und daneben A. Schrafl (von hinten).

Sitzung mit dem Werksleiter in Shurovo: Der erste von rechts ist Anton Schrafel, ihm gegenüber sitzt seine Ehefrau.

P. Aven (links) und M. Fridman

Organisatorische und finanzielle Konsolidierungsphase der Alfa Cement (1994–1996)

Nachdem wir den Beteiligungsvertrag im Mai 1994 unterschrieben hatten, begannen wir einen konkreten Aktionsplan zur Effizienzsteigerung auszuarbeiten. Dominik entwarf einen solchen Plan mit Zielen und Maßnahmen (Alfa-2000-Projekt). Zur Umsetzung dieses Planes brauchten wir qualifizierte Verstärkung im Alfa-Team. Mit oberster Priorität wollten wir Transparenz und Klarheit über die finanzielle Entwicklung der einzelnen Alfa-Cement-Beteiligungen schaffen. Zu diesem Zweck rekrutierten wir Andrej Malyutin, ein junger russischer Controller, der gut Englisch sprach und mit internationalen Rechnungsstandards vertraut war. Sein Auftrag lautete, in den Alfa-Cement-Werken ein aussagefähiges Reporting einzuführen, mit dem Alfa Cement vernünftig geführt werden konnte. Es war nicht einfach, eine Person mit solchen Qualifikationen zu finden, welche auch die nötige Flexibilität besaß, längere Zeit in diesen abgelegenen Zementwerken zu arbeiten und unter den dortigen, harten Bedingungen zu leben. Mit Malyutin taten wir einen guten Griff.

Als Werksleiter setzte Holderbank Ray Cunningham in Volsk ein. Dieser erprobte und unerschütterliche „Zementlegionär" packte seine Sachen und zog mit Frau und Kind in die tiefste Provinz an die Wolga und leistete dort beispiellose Pionierarbeit. Über eine Satellitenstation richtete er sich einen eigenen Zugang zu Internet, Telefon und westlichem Fernsehen ein. Mit solchen Hilfsmitteln war es seiner Frau möglich, der Tochter selbst Schulunterricht zu geben und entsprechendes Ausbildungsmaterial zu beschaffen. Ebenso pflanzte die Familie eigenes Gemüse an und versorgte sich teilweise selbst mit Lebensmitteln.

Holderbank förderte auch die Aus- und Weiterbildung der Mitarbeiter von Alfa Cement, indem sie diese zu internen Kursen und

Konferenzen in der Schweiz und im Ausland einlud. Ein Mitarbeiter sollte für ein halbes Jahr ein Praktikum in einem Holderbank-Werk in den USA absolvieren. Nachdem mit Alfa Cement sowie Holderbank USA alles besprochen und organisiert war, verzögerte sich die Abreise des Alfa-Cement-Mannes mehrfach für längere Zeit aus unerfindlichen Gründen. Dann verschwand er ebenso unerklärlich aus Russland und tauchte plötzlich bei Holderbank USA auf. Wie sich herausstellte, verzögerte der Mitarbeiter die Abreise absichtlich, sodass seine schwangere Frau ihr Kind während des Aufenthalts in den USA gebären konnte, wodurch das Kind automatisch die amerikanische Staatsbürgerschaft erhielt.

Kunsterlebnisse während unserer Zeit in Russland (1993 bis 1998)

Nachdem die ersten Monate seit der Vertragsunterzeichnung verstrichen waren und wir uns immer mehr mit der Rationalisierung der Gruppe befassen mussten, hatten wir in Moskau mehr Zeit, uns zwischen den Sitzungen auch kulturellen Interessen zuzuwenden. Wir besuchten wie viele Touristen den Kreml, der mir mit seinen eindrücklichen orthodoxen Kathedralen und den vergoldeten Zwiebeltürmen einen nachhaltigen Eindruck verschaffte. Besonders das Innere der Kirchen mit den vielen Ikonen strahlte etwas Feierliches und Sakrales aus. Eine Legende besagt, dass Stalin aus Gottesfurcht die Kathedralen im Kreml nicht zerstören ließ. In einem Bericht der Zeitschrift *Der Spiegel* des Jahres 1948 wird von einem französischen Journalisten unter Zitierung offizieller sowjetischer Behörden geschrieben: Die Religion sei, so heißt es da, ein abergläubisches Überbleibsel aus der kapitalistischen Vergangenheit. Sie werde verschwinden, wenn das russische Volk in materialistischem Geist von Marx und Lenin umerzogen sei. Laut Verfassung besaßen weder Geistliche noch ihre Familienmitglieder ein Wahlrecht; ihre Kinder durften an den Hochschulen nicht studieren. Bis zum Jahr 1921 wurden circa 1500 teilweise jahrhundertealte Klöster vernichtet. Ungefähr 200 000 orthodoxe Geistliche wurden bis 1940 unter Joseph Stalin verhaftet und davon 100 000 ermordet. Auf der Jagd nach den Resten russischer Religiosität stellte der französische Journalist fest, dass zwar die weitaus meisten Kirchen der Sowjethauptstadt zerstört oder profanen Zwecken dienstbar gemacht worden waren, aber immerhin vierzig davon für den Gottesdienst freigegeben wurden. Stalin ließ 1931 die Christ-Erlöser-Kathedrale in Moskau sprengen, um an seiner Stelle den „Palast der Sowjets" zu errichten, das mit 415 Metern höchste Gebäude der Welt – als Symbol der grenzenlosen Macht der Sowjetunion. Doch der Palast blieb ein Luftschloss, und im Jahr 1960 wurde in den Fundamenten der Kirche stattdessen ein Schwimmbad eingerichtet. Knapp vierzig Jahre später bauten die Moskauer die

Christ-Erlöser-Kathedrale für rund 170 Millionen US-Dollar originalgetreu wieder auf (NZZ am Sonntag 27.11.2011).

Der Kreml ist ein Befestigungskomplex mit einer dicken Mauer und zwanzig Kremltürmen, der in seiner heutigen Form in den Jahren 1485 bis 1499 erbaut wurde und bis heute gut erhalten ist. Die dunkelrote backsteinerne Kremlmauer der Zitadelle ist auf ihrem gesamten Verlauf 2235 Meter lang. Schon seit 1990 steht der Kreml zusammen mit dem Roten Platz auf der Liste des UNESCO-Welterbes.

Im März 2001 hatte ich im Rahmen einer Mission, bestehend aus schweizerischen Regierungsvertretern und Vertretern der Wirtschaft unter der Leitung von Bundesrat Pascale Couchepin, Gelegenheit, wiederum den Kreml zu besuchen. Diesmal war es mir möglich, noch zusätzlich die eindrückliche Rüstungskammer zu besichtigen. Neben Juwelen und Diamanten sind auch Krönungsinsignien, historische Waffen, kostbare Gewänder sowie Staatskarossen, Kutschen und Schlitten zu bewundern. Den größten Eindruck machten mir aber die ausgestellten Fabergé-Eier, die allesamt handwerkliche Meisterwerke darstellen. Der Juwelier Peter-Carl Fabergé schuf von 1885 bis 1916 insgesamt fünfzig filigrane Schmuckeier für die Zarenfamilie. Diese aus Edelsteinen, Perlen, Gold und Elfenbein bestehenden eierförmigen Schmuckstücke sind heute der Inbegriff höchster Goldschmiedekunst und ein Synonym für Luxus. Im Innern jedes Einzelstückes verbirgt sich ein filigranes Kleinod, das sich auf die Familie des Zaren persönlich bezog. Es gehörte zur Tradition, dass der Zar seiner Familie zum orthodoxen Osterfest Fabergé-Eier schenkte. Im Februar 2004 kaufte der russische Oligarch Viktor Wekselberg über seine „The Link of Times Cultural and Historical Foundation" für umgerechnet 100 Millionen US-Dollar zehn Eier.

Die Tretjakow-Galerie, eine Art Nationalheiligtum, fanden wir großartig. Diese Kunstsammlung wurde von Pawel Tretjakow (1832–1898) aufgebaut, der mit seinem ererbten Geld und in der Textilindustrie erwirtschafteten Vermögen eine Sammlung von 5800 Bildern zusammenstellte.

Mir hat vor allem die erst in sowjetischer Zeit gegründete altrussische Abteilung gefallen: die bedeutendsten russischen Ikonen aus den Kirchen wurden in das Museum (Tretjakow-Galerie) überführt. Viele russisch-orthodoxe Kathedralen und Klöster wurden von Stalin gesprengt, abgerissen oder für andere Zwecke verwendet. Die Verfolgung der Kirche in der Sowjetunion begann bereits 1917 direkt nach der Oktoberrevolution. Jeglicher religiöser Unterricht und Publikationen wurden verboten.

Das Puschkin-Museum in Moskau war ein weiteres eindrückliches Erlebnis. Erst nach der Oktoberrevolution erlangten die Bestände des Museums Berühmtheit, nachdem man private Kunstsammler enteignet und ihre Bilder dem Museum überlassen hatte. Erwähnenswert sind vor allem die Sammlungen der Mäzene Iwan Morosow und Sergej Schtschukin, welche hervorragende Werke der klassischen Moderne enthielten und die gleichermaßen auf die Petersburger Eremitage und das Puschkin-Museum verteilt wurden. Gemälde aus der Kollektion Sergei Tretjakows ergänzten die Sammlung französischer Malerei, die zu den bedeutendsten außerhalb Frankreichs zählt. Wir hätten nie gedacht, dass in Moskau nach so langer Zeit der kommunistischen Herrschaft und dem vom Regime propagierten Stil des Sozialistischen Realismus (bei dem die Helden des Aufbaus der Sowjetunion im Mittelpunkt der realistischen Darstellungen standen) eine so großartige europäische Kunstsammlung aufbewahrt wurde. Wie bereits erwähnt, entwickelte sich erstaunlicherweise unmittelbar nach der Oktoberrevolution (insbesondere in den Zwanziger- und bis zu Beginn der Dreißigerjahre) eine Vielfalt von erstklassiger Avantgarde in Kunst (zum Beispiel Kasimir Malewitsch, Begründer des Konstruktivismus) und Literatur in der Sowjetunion.

Wie eine Faust aufs Auge sind die vom georgischen Künstler Surab Zereteli überdimensionierten eisernen Plastiken, die an verschiedenen Orten in Moskau aufgestellt sind. Die Aufträge erhielt Zereteli vom politisch sehr mächtigen und langjährigen Bürgermeister Juri Luschkow. Auf einer künstlichen Insel zwischen dem Moskwa-Fluss und dem Wasserumleitungskanal errichtete er ein 94 Meter hohes

Denkmal für Peter I. Dieses Denkmal für Peter den Großen sollte ursprünglich Christoph Kolumbus darstellen, da aber weder die Dominikanische Republik noch Venezuela noch Brasilien von Zereteli ein Denkmal zum 500. Jahrestag der Entdeckung Amerikas haben wollten, kam sein Freund Luschkow zu Hilfe.

Ganz in der Nähe der kleinen, aber typischen Wohnung von Cyrille Kisselevsky befand sich das Hotel *Ukraine* (seit 2010 vollständig umgebaut und jetzt „Radisson Royal Hotel Moscow" genannt). Das 208 Meter hohe Hochhaus mit seinen Türmen, Säulen und Sowjetsternen ist eines der „Sieben Schwestern", so heißen die im Auftrag Stalins im typischen pompös-pathetischen Zuckerbäckerstil erbauten Hochhäuser nach dem Zweiten Weltkrieg in Moskau, darunter das Außenministerium, die Lomonossow-Universität und das „Hotel Leningradskaja".

Ursprünglich fand ich jene Bauten abscheulich, da ich diesem Stil auf der ganzen Welt sonst nirgends begegnet bin. Erstaunlicherweise gewöhnte ich mich daran und würde es heute geradezu bedauern, wenn sie abgerissen würden. Zumindest erinnern diese Bauten immer noch an die ehemalige Kapitale der Weltrevolution. Es existieren bedauerlicherweise nur noch wenige Bauwerke in Bezug auf die Weltrevolution. Positiv zu vermelden ist aber die Tatsache, dass in den letzten Jahren viel Aufwand für die Erhaltung der historischen Bausubstanz betrieben wurde. Moskau ist heute nicht nur die politische, sondern auch die wirtschaftliche Hauptstadt geworden: Viele Chrom-Glas-Investment-Türme, an der Moskwa gelegen, beherbergen heute weit über 100 000 Büromenschen mit dem höchsten Turm Europas (Rossija), der 648 Meter in den Himmel ragt und 101 Etagen zählt. Bis zum Jahr 2015 soll das ehrgeizige Bauprojekt „Moskwa City" abgeschlossen sein. Etwa 70 Prozent des Kapitals der Russischen Föderation konzentriert sich in Moskau, das Tag und Nacht wie alle Weltstädte in Bewegung ist und nachts fast wie Las Vegas blinkt und leuchtet.

Nach einer Konferenz, die vor dem Mittagessen zu Ende ging, suchten wir ein Restaurant in einem Hotel, da es 1994 noch nicht so viele gute internationale Restaurants in Moskau gab, wie sie später,

Ende der 1990er-Jahre, im Überfluss zu finden waren. Wir hielten vor einem edel wirkenden Hotel, *Renaissance Moscow,* an und begaben uns gleich ins dortige Restaurant. Dominik entdeckte zu seiner Überraschung an einem Tisch einen guten Bekannten von ihm allein beim Mittagessen und stellte mir diesen freundlichen Herrn vor. Es handelte sich um Gidon Kremer, den weltberühmten Violinisten. Ich hatte ihn immer für einen Russen gehalten, in Wahrheit war er ein lettischer Geiger deutsch-jüdischer Abstammung. 1965 ging Kremer an das Moskauer Konservatorium, wo er Schüler von David Oistrach wurde. Danach war er Mitglied des Leningrader Kammerorchesters. 1977 gab er sein Debüt in den USA und heiratete im selben Jahr die Pianistin Jelena Baschikirowa. 1978 entschied sich Kremer, nicht mehr in die UdSSR zurückzukehren. Dominik und ich unterhielten uns gut mit dem überraschend in Moskau angetroffenen Weltstar. Zu Weihnachten 1995 erhielt ich als Geschenk von Dominik zwei CDs: Mozart – Violinkonzert Nos. 485 – Gidon Kremer – Wiener Philharmoniker unter Niklaus Harnoncourt. Von Hand war auf dem Label vermerkt: mit meinen besten Wünschen für Herrn Widmer, Gidon Kremer.

Die andere CD mit Unterschrift von Krystian Zimerman: Ludwig van Beethoven, Klavierkonzert No. 5 „emperor concerto" – Wiener Philharmoniker – Leonard Bernstein.

Es stellte sich dann heraus, dass sich die Mutter von Dominik Wlodarczak seit vielen Jahren intensiv um verschiedene international berühmte Musiker kümmert und diese mitunter auch für einige Zeit bei den Wlodarczaks wohnen. Als ich ab 2000 für einige Jahre Präsident des Aargauischen Symphonieorchesters war, versuchte ich via Frau Wlodarczak Gidon Kremer als Solisten für dieses Orchester zu gewinnen. Kremer war aber nur unter der Bedingung einverstanden, dass er mit seinem baltischen Orchester nach Aarau kommen konnte.

Für Cyrille Kisselevsky war das Ballett das oberste Segment der russischen Kultur (gefolgt vom Theater und der Oper). In seinem nicht veröffentlichten Essay (2002) „La Russie est-elle Imprévisible?" schreibt er unter anderem: „Les ballerines sont véritablement des déesses. Au temps des tsars, elles étaient très courtisées. Le premier amour de Nicolas II fut la Ksechinskaia qui devint finalement l'épouse du grand-duc Andrei Vladimirovitsch. J'ai eu l'occasion de lui rendre visite à Paris. Je devais avoir dix ans et elle probablement quatre-vingts. C'était Pâques et, comme le veut la tradition, mon père se rendait chez les célébrités de l'emigration pour souhaiter personellement ‚Bonne Fête de la Résurrection'."

Zum Schluss dieses Kapitels möchte ich noch einige weitere Bemerkungen über die russische Kultur von Cyrille aus seinem erwähnten Essay wiedergeben: „Mon père m'a transmis son intérêt pour les opéras dont il aimait siffloter les airs connus. Lui-même tenait son intérêt de son grand-père maternel, Nicolai Tikhomirov, médecin d'Alexandre III et de Nicolas II, qui avait une loge au Mariinsky et en faisait souvent profiter ses petits-fils.

Les parents emmènent fréquemment leurs enfants, dès le plus jeune âge, à l'opéra et au ballet. Conscients de l'honneur qui leur est fait, ils se tiennent bien; d'autres bombardent de questions pertinentes leur accompagnateur – souvent un grand-père ou une grand-mère – et tous les voisins font preuve d'indulgence en écoutant d'une oreille distraite les réponses détaillées dudit grand-père.

Il en résulte que les Russes connaissent bien leurs classiques et baignent dans cette ambiance depuis leur plus jeune âge. Un jour, dans la rue du Vieux Arbat, je vis une institutrice faire agenouiller toute sa classe d'élèves de sixième devant la maison de Pouchkine! Il est vrai que Pouchkine est élevé au rang de demi-dieu dans tout le pays. Ses poésies, ses pièces sont connues par coeur. L'alliance de la poésie de Pouchkine avec la musicalité de Tschaikovsky a donné ‚le' chef d'oeuvre ‚Eugène Onéguine, un opéra dont toutes les mélodies et toutes les paroles sont sur toutes les lèvres'.

Et, quel que soit le spectacle, il y a toujours des spectateurs qui viennent avec des fleurs et les jettent aux pieds de leurs idoles ou, plus simplement ‚les remettent' en mains propres. Cet hommage à l'art est beau et émouvant."

Eingliederung von Alfa Cement in die Holderbank-Gruppe 1996–1999

Cyrille Kisselevsky kam im März 1996 nach Russland als Leiter des „Alfa 2000 Projekts". Die folgenden Anmerkungen stammen von ihm: „Mit diesem von Dominik ausgearbeiteten Projekt war vorgesehen, diejenigen Zementwerke zu modernisieren, an denen die Holderbank eine große Minderheitsbeteiligung besaß. Die Modernisierung sollte vier Bereiche umfassen: Technologie, Finanzen, Marketing und Human Resources. Für die Technologie wurde Jürgen Jäntsch (ein Techniker aus Deutschland mit Zement- und Osteuropa-Erfahrung) angestellt und für die Finanzen der bereits erwähnte Andrej Malyutin. Da niemand für das Marketing gefunden werden konnte, war für die Verbesserung dieses Bereichs die Firma Holtec India (eine Beratungs- und Zementingenieur-Firma in Delhi, an welcher Holderbank beteiligt war) mandatiert. Für die Verbesserung des Bereichs Human Resources war Cyrille zuständig.

Mit dem Alfa-2000-Projekt wurde zuerst in Shurovo begonnen, dann kam Volsk an die Reihe und dann Gornosavodsk. Auf Spassk-Dalny wurde verzichtet und diese bedeutende Beteiligung später leider verkauft. Im Rahmen der bitter notwendigen Verbesserungs- und Modernisierungsbestrebungen zeigte sich rasch, dass Kharif mangels Erfahrung der Kenntnisse und Umsetzung moderner Führungsinstrumente für diese Aufgaben nicht der richtige Mann war. Anstatt ihm zu künden, wurde im Frühjahr 1997 beschlossen, die Hauptverwaltung nach Moskau zu versetzen. Der in Perm verwurzelte Kharif wollte nicht nach Moskau ziehen, sondern kündigte selber und ging zu seinem Bruder nach Amerika. Dies war für die Alfa Cement zu jenem Zeitpunkt im Hinblick auf Eingliederung und Modernisierung von Alfa Cement in die Holderbank von Vorteil. Man hatte aber nicht damit gerechnet, dass alle Mitarbeiter in Perm ebenfalls nicht nach Moskau ziehen wollten. So musste wohl oder übel in Moskau mit dem Aufbau eines qualifizierten Mitarbeiterstabs von vorne begonnen werden und dazu eine neue Geschäftsleitung gefunden werden. An die Spitze von Alfa Cement kam ein gewisser Evstratov und als Nummer zwei ein Mann namens Neretin. Im August 1998 entstand eine heftige Auseinandersetzung zwischen dem hervorragend vernetzten Präsidenten von Volsk Cement, Bakatin und Evstratov, dem CEO der Alfa Cement. Vadim Bakatin war unter Gorbatschow am 23. August 1991 zum Leiter des Geheimdienstes KGB ernannt worden. Cyrille wurde im Anschluss an diese interne Auseinandersetzung zum Vice President Human Resources und anfangs 1998 als Präsident von Volsk Cement ernannt."

Es lohnt sich, an dieser Stelle nochmals aus dem bereits erwähnten Essay von Cyrille über die Reflexionen seines Russlandaufenthalts zu zitieren: „J'ai eu l'opportunité de faire connaissance de Vadim Bakatine en 1998 quand il prit ma succession de président du conseil d'adminstration d'une grande entreprise industrielle. Bakatine avait été nommé par Gorbatschev à la tête du KGB en août 1991. C'était la première fois que cet organisme était coiffé par une personne qui n'était pas sortie de ses rangs. La mission de Bakatine consistait à detruire le KGB de l'intérieur. Il a d'ailleurs rédigé un livre consacré à cette expérience inouïe: ‚la délivrance du KGB' qui est sorti en 1992. Lors de nos longues conversations en voiture, je me souviens particulièrement bien de l'épisode suivant: la première chose que Bakatine demanda, en prenant posession de son bureau à la Loubianka, fut qu'on lui amenât le dossier de son grand-père. Ce dernier avait été arrêté en 1938 et tout le monde dans sa famille croyait qu'il avait survécu quelques années à son arrestation par le KGB. Quelle ne fut la surprise de Vadim Victorovitch de voir le dossier sur son bureau dans l'heure qui suivit et de decouvrir en le feuilletant que son grand-père avait été „jugé" et condamné à mort pour avoir servi dans l'armée blanche puis exécuté trois semaines après avoir été arrêté. Imaginez la scène: le petit-fils ‚hérite' d'une organisation qui a tué son grand-père et c'est la découverte dès la première heure de sa prise de poste! Bakatine reçut l'ordre de Gorbatchev de transmettre aux Américains les plans d'implantation des micros dont la nouvelle ambassade était truffée: cet acte hautement médiatisé acheva de rendre impopulaire et Gorbatchev et Bakatine. Dans la conscience populaire l'Amérique continuait à être l'ennemi et lui livrer les plans revenait à salir, voir trahir son pays. Bakatine perdit son poste 107 jours après son entrée en fonction."

Kurt Häfeli als Regionalcontroller und später als Assistent von Tres sowie Verwaltungsrat der Alfa Cement hat mir aus seiner Erinnerung die nicht einfache Eingliederung der Alfa Cement in die Holderbank-Gruppe wie folgt geschildert:

„Bei den meisten Akquisitionen ist die Eingliederung eines Unternehmens oder sogar einer Unternehmensgruppe in einen andern Verbund mit ‚Kinderkrankheiten' verbunden, so auch bei der angestrebten, stufenweisen Eingliederung von Alpha Cement mit ihren Tochtergesellschaften in die Holderbank-Gruppe. Im vorliegenden Fall kamen noch die Schwierigkeiten der vorgängig doch fundamental unterschiedlichen Wirtschaftssysteme (Kapitalismus versus Planwirtschaft) und deren Auswirkungen auf die Unternehmensführung sowie Ausbildung und Praxis der neuen Mitarbeiter hinzu.

Wir waren jedoch eher überrascht, mit wie viel gutem Willen zur Veränderung und positiver Einstellung die allermeisten Kader-Mitarbeiter den Wandel mitmachten – obwohl dies nicht jedem in gleichem Maße gelang.

Nach der Vertragsunterzeichnung und mit dem Einstieg von IFC und Baring als Finanzinvestoren wurde beschlossen, den Holding-Sitz nach Moskau zu verlegen. Neben den reinen Holding-Funktionen wurde auch eine westlich orientierte Gruppenmanagement-Struktur mit zentralen Funktionen für
– Technik
– Marketing
– Human Resources
– Finanzen und Controlling
beschlossen und implementiert.

Insbesondere die westlichen Finanzinvestoren, die mittelfristig einen Ausstieg und damit eine Gewinn-Realisation auf ihrer Anlage anstrebten, legten zudem Wert auf repräsentative Büroräumlichkeiten.

Es wurden gegen fünfzig Stellen geschaffen und das entsprechende Personal rekrutiert. Mit Ausnahme des Leiters Human Resources (Cyrille Kisselevsky) und dem Leiter Finanzen und Controlling (anfänglich einem Amerikaner mit russischen Wurzeln und Russischkenntnissen, später einem Schweizer, Alexander Vogler, mit Holderbank-Hintergrund) waren es meistens Mitarbeiter, die auf Empfehlung der Alfa-Bank oder andern Beziehungen zu Alpha Cement stießen.

Der sympathische Simeon Kharif hatte als Generaldirektor der Alfa Cement mit dem neuen Holderbank-Wind etwas Mühe und beschloss, seine Aktienbeteiligung an Alfa Cement zu verkaufen. Damals verbreitete sich das Gerücht, dass er sich mit seiner Tochter als reicher Mann nach Florida (USA) abgesetzt habe. In weniger als drei Jahren hatte sich Kharif von einem Roten Direktor in einen gewieften Kapitalisten verwandelt und konnte sich aufgrund seines Aktienpakets an Alfa Cement nach so kurzer Zeit ein angenehmes Leben im kapitalistischen Amerika leisten, was auch nach mehr als dreißig Jahren harter Arbeit in der sowjetischen Zementindustrie nie und nimmer möglich gewesen wäre.

Der neu engagierte Generaldirektor der Alfa-Cement-Gruppe hatte beste Referenzen aus einem Ministerium. Bald wurde jedoch dessen und anderen leitenden Mitarbeitern mangelnde Erfahrung in der Industrie offensichtlich. Man beschäftigte sich vor allem mit sich selber. Dies zeigte sich ganz besonders auch an Verwaltungsratssitzungen, wo im Beamten-Stil über die Entwicklung der Holdinggesellschaft berichtet (so und so viele Stühle wurden eingekauft und so weiter), über die Beteiligungsgesellschaften jedoch kaum ein Wort verloren wurde. Von den Beteiligungsgesellschaften wurden die Management-Gesellschaft beziehungsweise deren

Leistungen kaum akzeptiert (dies soll auch in westlichen Gruppen bereits vorgekommen sein) und schon gar nicht bezahlt. Es war ja auch gar kein Geld vorhanden und es flossen schon gar keine Dividenden an die Holding."

Bald war das Kapital der Holding fast aufgezehrt, und nachdem insbesondere „Holderbank" nicht bereit war, Geld für die Aufwendungen der Holdinggesellschaft nachzuschießen, musste in großem Maße restrukturiert, das heißt Personal entlassen und die oberste Leitung ersetzt werden.

Damit verbunden war auch eine Neubeurteilung der strategischen Wichtigkeit der Beteiligungsgesellschaften. Dabei wurde unter anderem entschieden, dass das in Schwierigkeiten steckende Werk Gornasavodsk aus Sicht der Alfa-Cement-Investoren nicht zu den strategischen Schwerpunkten gehöre und deshalb keine finanziellen Mittel für den Betrieb zur Verfügung gestellt werden könnten. Damit drohte die Werksstilllegung. Der amtierende Werksdirektor, der sein Aktienpaket an Gornosavodsk in die Alpha Cement gegen Aktien der Holding eingebracht hatte, schlug deshalb vor, dass diese Transaktion aus Rücksicht gegenüber „seinem" Personal rückgängig gemacht würde und er andere Lösungen für den Weiterbestand des Werkes suchen wolle. Dies wurde von den anderen Aktionären der Holding so akzeptiert. Dem Vernehmen nach konnte er das Werk weiter in Betrieb halten – wie er dies schaffte, entzieht sich unserer Kenntnis.

In dieser Zeit begleitete ich namentlich auch die Einführung des „Holderbank"-Rechnungs- und Berichtswesens, welches unter anderem eine Konzern-Konsolidierung ermöglichen musste. Diese Aufgabe brachte mich in Kontakt mit den „CFOs" und engsten Mitarbeiterinnen der Werksleiter der beiden Gesellschaften Shurovo und Volsk. Wie in Staaten des ehemaligen Ostblocks üblich, wurde diese Funktion durch schon etwas ältere und meist bereits rundlichere, aber immer sehr gepflegte Damen ausgeführt. Wir legten – wie dies der „Holderbank"-Approach war – nicht einfach das neue

System auf den Tisch, sondern ließen uns vorab erklären, was schon vorhanden war. Generell waren wir vom Umfang des Zahlenmaterials überrascht. Es gab zwei verschiedene Systeme: Planung und Ist. Ein Vergleich der beiden Zahlensysteme war aber fast unmöglich. Wie dabei die Planerfüllung kontrolliert werden sollte, wurde uns nie klar. Nachdem es für uns recht schwierig war, das planwirtschaftliche Rechnungswesen zu durchschauen, hatten wir auch Verständnis dafür, dass es Zeit und große Bemühungen unserer Gesprächspartnerinnen brauchte, unser westliches System verstehen und anwenden zu können – immer aber fanden wir einen guten Willen zur Zusammenarbeit.

Insbesondere die Besuche in Volsk waren immer ein „Erlebnis". Die „Hardship" einer Inlandsreise in Russland im Winter – und es erscheint mir im Nachhinein, dass es immer Winter gewesen war – wurde schon ausführlich beschrieben. Auch die geforderte Trinkfestigkeit im Zusammenhang mit Toasts auf Gäste, Mitarbeiter, Freunde, Familie, Damenwelt und so weiter wurde bereits erwähnt. Zwei Erlebnisse in Volsk sind mir speziell in Erinnerung geblieben und auf Wunsch von Derrick hier wiedergegeben.

Bei einem winterlichen Besuch in Volsk verspürte ich plötzlich starke Zahnschmerzen. Mein Haus-Zahnarzt hatte mich einige Wochen vorher bei der Reparatur eines Backenzahns gewarnt: „Dieser Zahn ist ein Risiko, beim nächsten Auftreten von Schmerzen ist die Extraktion nicht zu umgehen – wollen Sie dies nicht lieber sofort vornehmen oder noch einmal eine Reparatur machen lassen?" Ich verneinte – die Gründe kann wohl mancher Leser nachvollziehen. Nun wurde diese unangenehme Prozedur also im tiefen Russland unumgänglich.

Das Werk Volsk war seinerzeit gut mit nicht unbedingt betriebsnotwendigen Anlagen wie Gymnastikhalle, Sauna, Krankenstation und so weiter ausgestattet. Das Personal der Krankenstation bestand aus einem jovialen Betriebsarzt, den ich von sozialen Anlässen mit zahlreichen Trinksprüchen her kannte, und einigen Krankenschwestern. Der Werksleiter, den ich um Hilfe bei der Suche nach einem lokalen Zahnarzt ersuchte, vermittelte mich zum Werksarzt. Dieser fuhr alsbald mit mir zur städtischen Zahnklinik, einem Verwaltungsgebäude ähnlichen mehrstöckigen schmucklosen Bau, wo wohl noch mehr als zwanzig LeidensgenossInnen beim Empfang saßen. Der Werksarzt erledigte für mich die Aufnahmeformalitäten und zu meiner Erleichterung, aber auch etwas Beschämung konnte ich an allen Wartenden vorbei direkt zur Abteilung Zahnextraktion gehen. In der Klinik herrschte offensichtlich strikte Arbeitsteilung wie Röntgen, Untersuchung, Füllungen, Extraktion und so weiter mit je einem Arzt. Auch hier war wieder ein Wartesaal voller Leute vorzufinden. Vor diesem Zimmer mussten die Schuhe ausgezogen und in Filzpantoffeln geschlüpft werden. Wiederum wurde mir ein Stuhl als Erster in der Reihe zugewiesen, was die übrigen Anwesenden stoisch ertrugen. Schon bald erschien mein Vorgänger mit gerötetem Gesicht in der Tür und die sehr robust aussehende Zahnarztgehilfin verwies mich auf den Behandlungsstuhl, welcher jenem Stuhl, den ich von meinem ersten Zahnarztbesuch rund fünfzig Jahre früher in Erinnerung hatte, sehr ähnelte. Mit der eher Furcht einflößenden Gehilfin verdarb ich es mir rasch, da ich sie über Zeichensprache bat, die daneben in einem separaten Emailbecken wie Trophäen liegenden Zähne, die wohl an diesem Vormittag gezogen worden waren, zu entfernen, da mir fast übel wurde.

Nach einem wohl scherzhaften Wortwechsel zwischen einer ebenfalls sehr kräftigen Zahnärztin und dem auch als Übersetzer amtierenden Werksarzt wurde mein Anliegen geschildert. Ein kurzer Blick in den Mund und dann die Frage, ob schon eine Röntgenaufnahme gemacht worden sei – ein gezogener Zahn sei schließlich ein unwiderruflicher Verlust und deshalb sollte eine solche Aktion sehr gut überlegt sein.

Dies hieß also Wechsel in die Röntgenabteilung: An den Leidensgenossen im Wartezimmer vorbei, Filzpantoffeln ausziehen, Winterschuhe anziehen, eine Treppe runter zur Röntgenabteilung, Schuhe ausziehen, Filzpantoffeln anziehen, an Wartenden vorbei auf den Stuhl beim Eingang zum Röntgenzimmer, Aufnahme, durchs Wartezimmer zum Schuhdepot, Filzpantoffeln ausziehen, Winterstiefel anziehen, Treppe hoch, Winterstiefel ausziehen, Filzpantoffeln anziehen, durchs Wartezimmer an den inzwischen um einen Stuhl aufgerückten und nicht unbedingt verständnisvoll aussehenden Leidensgenossen vorbei auf den ersten Stuhl vor dem Eingang zur „Folterkammer".

Auch hier dauerte es nicht allzu lange, bis ich wieder auf dem ominösen Stuhl Platz nehmen konnte und mir bestätigt wurde, dass der Zahn nun wirklich nicht mehr zu retten sei. Also Spritze, von der ich auch nach einigen Minuten noch kaum etwas fühlte. Selbst nach der zweiten Ladung kaum ein Gefühl der Taubheit in den Lippen – entweder sind die fraglichen Medikamente in Russland sehr wirkungsschwach oder es waren die Umstände, die mich nicht unempfindlich machten. Die Zahnärztin mit Babuschka-Figur jedenfalls konnte sich dies auch nicht erklären und wollte keine weitere Zeit verlieren. Sie gab ihrer vermutlich gegen 100 kg schweren Gehilfin Anweisung, mir den Kopf festzuhalten, und machte sich ans Werk. Mir kam es fast vor, der Kopf werde abgerissen – jedenfalls meinte ich, noch nie solche Schmerzen verspürt zu haben.

Nach dem fast fluchtartigen Verlassen der Abteilung Extraktion und Schuhwechsel wurde ich in die Krankenstation des Werkes zurückgefahren, wo mir weitere Schmerzmittel verabreicht wurden. Die Messung des Blutdrucks ergab dann einen außerordentlich hohen und für mich absolut unüblichen Wert – was den Werksarzt veranlasste, mich zur Beobachtung auf der Krankenstation zu behalten. Am folgenden Tag war jedoch alles wieder in Ordnung und ich konnte mit der Arbeit weiterfahren. Mein Zahnarzt in der Schweiz kommentierte nur, auch bei ihm würde der Blutdruck bei einer solchen Prozedur enorm ansteigen.

Wesentlich angenehmere Erinnerungen habe ich an einen andern Besuch – diesmal im Sommer – in Volsk. Eine Holderbank-Delegation unter der Leitung des inzwischen für Russland neu verantwortlichen Konzernleitungsmitgliedes informierte sich über das Werk und insbesondere dessen Fortschritte und Pläne zur Integration in die Alfa-Cement-Gruppe und „Holderbank". Da der Besuch auf ein Wochenende fiel, wurde den Besuchern etwas Spezielles geboten: Das Werk Volsk besaß ebenfalls ein Wolga-Schleppschiff, das offensichtlich nicht mehr für die ursprüngliche Aufgabe gebraucht, sondern für Ausflüge auf dem Fluss verwendet wurde. Jedenfalls war die Bemalung frisch und das Schiff sah durchaus vertrauenerweckend aus. Wir fuhren, versehen mit genügend Tranksame und vollen Picknickkörben auf dem Fluss, der mir so breit wie der Hallwilersee in der Schweiz erschien, zu einer kleinen Insel, wo wir ein Mittagsmahl im Freien verzehren konnten. Die Rückfahrt erfolgte wiederum in aufgeräumter Stimmung und zeigte uns die gemütliche, herzliche Seite unserer russischen Partner. Ich freue mich noch heute, eine wenn auch kurze Wolga-Schifffahrt unternommen haben zu können, bevor die entsprechenden Flusskreuzfahrten viele Westeuropäer anzogen und noch anziehen.

Die Jahre 1998 bis 2000

Da ich – wie bereits erwähnt – Mitte 1998 aus dem Verwaltungsrat der Alfa Cement ausschied, hatte ich als weiteren Zeitzeugen (neben Cyrille Kisselevsky und Kurt Häfeli) Alexander Vogler gebeten, sich als Chief Financial Officer von 1998 bis 2000 der Alfa Cement über seine Erfahrungen und die weiteren Entwicklungen Russlands und speziell der Alfa Cement während dieser Zeit zu äußern.

Alexander Vogler schrieb mir Folgendes: „Bevor ich das erste Mal Russland besuchte, hatte ich als Group Controller der Holcim Akquisitionen in Bulgarien und Rumänien begleitet. Deshalb dachte ich, dass mich der Einsatz in Russland nicht wirklich fordern würde.

Im Dezember 1997 erhielt ich die Aufgabe, eine ‚Due Diligence' in Usbekistan – eine ehemalige Sowjetrepublik – durchzuführen. Bei dieser Gelegenheit wurde ich das erste Mal mit der Barter-Problematik (Tauschgeschäfte) konfrontiert. Als ich pflichtgemäß durch die Lagerhallen schritt, entdeckte ich in einer Seitenhalle einen riesigen Haufen von Kartonschachteln. Als ich nachfragte, was sich in diesen Kartons befinde, wurde mir erklärt, dass es sich um Glühbirnen handle, welche aus einem Bartergeschäft stammten. Kurz darauf musste ich feststellen, dass der Wüstensand durch die falsche Lagerung – der kalte Wind wehte durch die kaputten Fenster – bereits das Kartonpapier und bei einigen Birnen sogar das Glas weggeschliffen hatte! Zurück in der Buchhaltung, erfuhr ich, dass dieser Barter-Deal vom vormaligen Verkaufsleiter abgeschlossen worden war. Jener hatte zwei Wochen vor unserem Besuch leider das Zeitliche gesegnet. Wie mir unter vorgehaltener Hand verraten wurde, hatte er dies nicht freiwillig getan. Die teilweise beschädigten Glühbirnen waren noch nicht wertberichtigt worden und mir wurde mitgeteilt, dass es mindestens zwei Jahre dauern würde, bis man die unbeschädigten Glühbirnen verwertet haben könnte.

Ich war also von der Erfahrung in Usbekistan gewarnt und konnte in der Folge feststellen, dass je weiter die Zementwerke in Russland von Moskau entfernt waren, desto größer der Barteranteil (Tauschhandel) war. So waren im Werk Volsk zum Beispiel Zigaretten und Würste im Inventar vorzufinden. Bei den Zigaretten gab es dann auch bei einer Inventur eine größere Differenz, welche durch „natürlichen" Schwund – sprich Diebstahl – entstanden war.

Im Winter 1998 wurde ich mit Kollegen für eine „Due Diligence" nach Moskau geschickt. Es ging um die mögliche Akquisition von „Stern-Cement". Dabei muss man wissen, dass diese Gruppe im westlichen Teil von Russland Beteiligungen hielt, an welchen auch Alpha Cement kleinere Beteiligungen besaß. Die technischen Details der Werke waren unseren Leuten bekannt. Während dieser Begehung wurden wir von einer internationalen Wirtschaftsprüfungsgesellschaft unterstützt. Schnell wurden auch hier die finanziellen Probleme isoliert: Barteranteil und Steuerschulden, welche nicht bilanziert waren. Tres Pestalozzi entschied nach kurzer Analyse, die „Due Diligence"-Übung abzubrechen, da mögliche Akquisitionskosten in keinem Verhältnis zu den Kosten für Instandhaltung und Steuern stand.

Im Juni 1998, anlässlich eines Seminarbesuches in der Schweiz, erhielt ich einen Anruf von meinem Vorgesetzten, Thomas Aebischer (heute Holcim-CFO und Konzernleitungsmitglied), der mich informierte, dass der CFO der Alfa Cement sich entschieden habe, die Gesellschaft nach knapp einem Jahr zu verlassen. Ferner erklärte er, ich solle mich nach dem Seminar mit Kurt Häfeli in Jona treffen, um ein Briefing über die Lage der Gruppe zu erhalten. In Jona traf ich dann zwei zukünftige Kollegen: Der eine war als Technischer Leiter und der andere als CFO für das Werk Volsk vorgesehen. Zu diesem Treffen stieß auch kurz der Nachfolger von Tres Pestalozzi zu uns, welcher in der Zwischenzeit von Tres die Position eines Mitglieds der Konzernleitung für Europa übernommen hatte.

Es war vorgesehen, dass wir noch im Juli 1998 einen Besuch in Moskau, Shurovo und Volsk vornehmen sollten. Niemals werde ich die zwei Tage in Volsk vergessen, und zwar aus zwei Gründen: Erstens war dieser Besuch geprägt von einer Präsentation des Werksleiters, Victor Semenindeykin, bei welchem enorm viele Goldzähne blinkten, wenn er den Mund aufmachte, und zweitens durch einen gemütlichen Ausflug auf der Wolga. Der freundliche Werkschef hatte eine nette Präsentation vorbereitet, in welcher er im Wesentlichen nur die Aufstellung machte, welche CAPEX (Capital Expenditures) durchzuführen seien. Das neue Konzernleitungsmitglied für Europa stellte nur die Frage, ob diese Investitionen aus dem Cashflow des Werkes zu finanzieren seien. Ich werde ebenfalls nicht das merkwürdige Gesicht von Victor vergessen, der an diesem Tag wahrscheinlich das erste Mal das Wort „Cashflow" gehört hatte. Die Kollegen von Alfa Cement Moskau wurden leicht verlegen. Der neue Chef Europa machte die witzige Bemerkung: „Holderbank is not a bank", wie wahr – und dies sollte auch später beim Rebranding des Namens Holderbank zu Holcim wichtig werden.

Victor besaß für mich das Denken eines lieben sowjetischen Technokraten. In der Vergangenheit hatte man ans Ministerium den Investitionsplan geschickt und dann wurden von Moskau die Mittel zugewiesen. Vor dem Kollaps der UdSSR flossen im Saratov Oblast große Teile der finanziellen Mittel ans Militär, da sich in dieser Provinz wichtige Flughäfen und Raketensilos befanden. Beim Auflisten der Werke, welche als potenzielle Konkurrenten von Volsk galten, war es erschreckend festzustellen, wie tief in allen Werken die Kapazitätsauslastung war. Um an Cash zu kommen, lieferten die Werke ins weit entfernte Moskau, wobei sie natürlich Zement in den Heimmarkt von Shurovo hinein lieferten.

Nun wurde der gute Victor erstmals mit Cashflow und Produktionskosten konfrontiert. Es war Zeit, dass er einen erfahrenen Technischen Leiter und Finanzchef an die Seite bekam.

Nach dieser anstrengenden Sitzung wurde es gemütlich. Der Ausflug auf der Wolga war wunderbar. Der servierte Fisch schmeckte ausgezeichnet. Nachdenklich wurde ich erst nach dem Bad in der Wolga.

Ich hatte eine Swatch-Armbanduhr am Handgelenk und sie während des Schwimmens anbehalten. Nach dem Baden musste ich feststellen, dass das Plexiglas wie von einem Film verschmiert war! Mir wurde erklärt, dass entlang der Wolga viele Industriebetriebe angesiedelt waren; auch wenn diese nicht mehr mit voller Produktion liefen, floss trotzdem immer noch genug Abwasser ungeklärt in die Wolga.

Das Städtchen Volsk an der Wolga, zwischen Samara und Saratow gelegen, bekam ab 1897 sein erstes kleines Zementwerk. Nach der Oktoberrevolution wurden die Besitzer enteignet und das Werk in „Roter Oktober" umgetauft. Später kam dann das große Werk hinzu, „Bolschewik" genannt. Als ich ab September 1998 in Moskau zum Group CFO der Alfa Cement ernannt wurde, konzentrierten wir uns auf die Restrukturierung der Gruppe. Auf dem Papier stellte die Alfa-Cement-Gruppe dank ihrer Größe etwas Eindrückliches dar, aber zwischen den Werken gab es keine Synergien (hinsichtlich der Märkte und technisch sinnvoller Zusammenarbeit). Der Cashflow der Gesellschaften war nicht ausreichend und oft gab es Produktionsunterbrüche, weil notwendige Unterhaltsarbeiten nicht vorgenommen werden konnten, da die Firma zu wenig liquide Mittel besaß.

In Moskau hatten wir die Situation analysiert und kamen zu dem Ergebnis, dass mit der Schließung des kleinen Werkes „Roter Oktober" die Auslastung in „Bolschewik" verbessert werden könnte, was auch zur Kostenoptimierung führen sollte. Natürlich wussten wir auch um die soziale Komponente und schlugen vor, dass dies sehr personalverträglich zu geschehen hatte. Es gab entsprechende Gespräche vor Ort und natürlich machte diese Idee schnell die Runde.

Der Werksleiter wurde vom zuständigen Gouverneur des Oblastes, Dmitry Ayatskov, nach Saratow beordert und musste ihm die Situation erklären. Aus Moskau kam auch eine Delegation hergeflogen, welcher der Präsident von Volsk, Vadim Bakatin, angehörte. Bakatin war unter Gorbatschow Innenminister gewesen (1988–1990) und diente als letzter Vorsitzender des KGB (1990); 1991 kandidierte er gegen Jelzin um die Präsidentschaft. Auch für ihn war es zuerst schwierig gewesen, den wirtschaftlichen Zusammenhang zu verstehen, aber letztlich unterstützte er das Projekt.

Zum kleinen Zementwerk gehörte auch noch ein Kalkwerk. Als sich die Moskauer Delegation mit Gouverneur Ayatskov traf, brüllte er diese an: „Ich lass nicht das einzige Kalkwerk in meinem Oblast schließen. Ich lasse das Werk verstaatlichen!" Nach monatelangen Verhandlungen hin und her mussten wir letztlich das Projekt beenden, da uns von der lokalen Regierung zu viel Druck gemacht wurde.

Ayatskov war ein Apparatschik, welcher in der alten Sowjetära keine große Karriere gemacht hätte. Mit dem Umbruch schaffte er es auf geschickte Weise, als Vize-Bürgermeister von Saratow nominiert zu werden, und 1996 ernannte man ihn zum Gouverneur des Oblasts.

Das Jahr 1998 sollte mit der Augustkrise (siehe folgendes Kapitel) entscheidende Änderungen bringen.

Die Gruppe konsolidierte damals vier Zementwerke (Shurovo, Volsk, Gornosavodsk, Spassk) und besaß einige Minderheitsbeteiligungen. So gab es beispielsweise auch Minderheitsbeteiligungen an Werken der Stern-Gruppe. Da es nicht zur Akquisition der Stern-Gruppe gekommen war, wurden diese Minderheitsbeteiligungen nutzlos und Erträge warfen sie auch nicht ab. Anfänglich herrschten noch einige Geplänkel wegen Aktionärsrechten, aber letztlich stieg man aus diesen Beteiligungen aus.

Eine der wichtigsten Minderheitsbeteiligungen war die Novoros-Zementbeteiligung in der Schwarzmeermetropole Novorossijsk. Diese Stadt mit ungefähr 250 000 Einwohnern liegt am Schwarzen Meer und ebenfalls hier befindet sich der wichtigste Hafen. Als Resultat des Russisch-Türkischen Kriegs wurde die dortige Küstenlinie nicht mehr vom ottomanischen Reich kontrolliert, sondern fiel an Russland (in der Antike befand sich an den Ufern der Tsemess-Bucht eine griechische Kolonie). Das Gebiet von Novorossijsk ist eine von Russlands bedeutendsten Weinanbauregionen. Die Abrau-Dyurso-Weingüter wurden von Zar Alexander III. 1870 etabliert, sie produzieren Tisch- und Schaumwein für die lokale Konsumierung. Novoros Cement exportiert Zement nach Spanien, in die Dominikanische Republik, Türkei, Italien und Ägypten. Die Gruppe der Mehrheitseigner war um einen ehemaligen KGB-Mitarbeiter gruppiert und alle Versuche, an die Mehrheit zu gelangen, scheiterten. Es sollte seine Zeit dauern, bis diese Beteiligung versilbert werden konnte. Heute ist es ein florierendes Werk und die Bauarbeiten für die Olympiade und Formel-1-Strecke in Sotschi werden die Gewinne für die nächsten Jahre noch vermehrt sprudeln lassen. Novoros Cement hatte so viel Geld gemacht, dass die Gesellschaft am 4. Juli 2011 die Zementgesellschaften der Inteko von Elena Baturina abkaufen konnte. Es handelte sich dabei um diejenigen Fabriken, welche sie nach dem Verkauf an Eurocement erworben hatte.

Shurovo mit dem Markt Moskau war bestimmt das vom Marktpotenzial attraktivste Werk. Sicherlich war der Wettbewerb um den Moskauer Markt in den Jahren 1998–2000 aufreibend, da viele Werke in den Provinzen in den „Cash-Markt Moskau" lieferten. Aber es war einer der wichtigsten Erlasse von Vladimir Putin, dass er die Bartergeschäfte per Dekret verbot.

Was geschah mit Spassk Cement? Das Werk befand sich acht Zeitzonen von Moskau entfernt. Es war deshalb schwierig, das Management unter Kontrolle zu halten. Sicherlich war der benachbarte chinesische Markt attraktiv, aber es waren auch immense Investitionen notwendig und dafür war wie üblich kein Geld vorhanden. Letztlich konnte man das Werk an eine Investmentgesellschaft verkaufen. Für die Käufer sollte es sich als ein Schnäppchen erweisen, für Alfa Cement hingegen waren wichtige Mittel frei geworden.

Somit blieb bei Alfa Cement nur noch Gornosavodsk, wo alles angefangen hatte, und Volsk sowie Shurovo übrig. Einer der Minderheitsaktionäre der Alfa Cement war Vadim Furman. Er war Werksleiter von Gornosavodsk und einstmals unter Kharif groß geworden. An einer Verwaltungsratssitzung der Alfa Cement machte er in seiner sehr emotionalen Ansprache den Vorschlag, sein Alfa-Cement-

Aktienpaket gegen Gornosavodsk zu tauschen. Dieser Vorschlag wurde angenommen und noch heute leitet er dieses Zementwerk, welches vor allem nach Jekaterinburg liefert.

Damit war die Zukunft der Alfa-Gruppe endgültig beschlossen, das heißt die (auf dem Papier) einst größte Zementgruppe Russlands war auf nur noch zwei Werke, nämlich Shurovo und Volsk, geschrumpft! Das Ganze war kein emotionsloser Prozess gewesen und bei meinen russischen Kollegen nicht immer auf Verständnis gestoßen. Seit dem Abgang von Tres hatte sich die Situation völlig geändert. Jetzt musste erst einmal Zeit gewonnen werden.

Wie sollte man aber auch die mittelfristig anstehenden Investitionen finanzieren? Im Jahre 1999 gingen wir via Holderbank auf EBRD und IFC zu, um eine Finanzierung sicherzustellen. EBRD winkte jedoch schnell ab. IFC wollte zuerst einen „Technical Due Diligence" durchführen, bevor weitere Schritte unternommen werden sollten. Im Dezember 1999 meldete sich IFC, dass eine mögliche Finanzierung in Aussicht gestellt werden könnte, aber nur wenn Holderbank als strategischer Investor in Vorleistung gehen würde. Somit hieß es aufs Erste: abwarten, wie sich die Lage in Russland verändern würde.

Als ich 1998 nach Moskau kam, war die Alfa Cement in einem modernen Bürogebäude in Sichtweite des Hotels *Ukraina* und dem Weißen Haus an den Ufern der Moskwa eingemietet. Schließlich war man damals die größte Zementgruppe Russlands. In der Verwaltung der Holding arbeiteten rund fünfzig Mitarbeiter. Nachdem Cyrille Kisselevsky in die Schweiz zurückgekehrt war, blieb ich als einziger Expat in der Holding. Im Zuge der Sparmaßnahmen und der Schrumpfung der Gruppe auf die Werke Shurovo und Volsk reduzierte sich der Personalbestand der Holding bis Ende 2000 auf rund sechs Mitarbeiter.

Im Vergleich zu Russland hatten es einige andere Länder Osteuropas bei der Privatisierung einfacher, oder sie ließen sich mehr Zeit. Die unterschiedlichen Privatisierungskonzepte konnten eines aber nie verhindern: Korruption und die Umschichtung ehemaligen Staatsvermögens zulasten der Bevölkerung. Offener Verkauf mit Beratung von EBRD war eine Option, welche beispielsweise Rumänien durchführte. Auch diese Art der Privatisierung hatte einen bitteren Beigeschmack. Insider-Privatisierung wie in Russland ließ eine neue Schicht von Oligarchen entstehen. Die falsche Privatisierungsstrategie, welche nicht transparent erfolgte, führte auch dazu, dass der notwendige Reformprozess zu lange verschleppt wurde. Mitte der Neunzigerjahre existierte eine große Überkapazität im russischen Zementmarkt. Den Werken gelang es gerade so, sich in diesen Jahren durchzuwursteln. Werke, welche in unwesentlichen Marktgebieten lagen, hatten keine großen Änderungen bei den Eigentümern zu befürchten. Andere Werke, welche im Großraum Moskau angesiedelt waren, kamen ins Blickfeld von Personen und Gruppen, welche in verschiedenen anderen Bereichen Unternehmen kontrollierten, welche „Geldruckmaschinen" waren.

Nachdem ich Russland und Holderbank verlassen hatte, arbeitete ich für einige Jahre für einen russischen Investor in der Schweiz, welcher sein Geld im Aluminiumbereich gemacht hatte. Dieser hatte ursprünglich als führender Manager für einen Oligarchen gearbeitet, welcher innerhalb eines Jahrzehnts vom einfachen Minister einer Region zum Milliardär aufgestiegen war. Mir wurde klar, dass es eine Zeit gegeben hatte, in welcher diese Geschäftsleute in direkter Konfrontation mit der Unterwelt standen. Ich bekam den Eindruck, dass schon relativ früh einige der heute bekannten Oligarchen untereinander Absprachen vereinbarten, wer welche Industrie bearbeiten würde. An erster Stelle standen natürlich Öl, Aluminium und Metalle und somit alle Bereiche, in welchen Russland einen signifikanten Anteil am Weltmarkt hat. Alle weiteren Bereiche, welche dem Inlandsmarkt unterlagen, waren dem freien Unternehmertum überlassen; sobald diese sich aber als profitabel erwiesen, wurden Begehrlichkeiten der Oligarchen oder der Mafia wach. Es wird sich zeigen, ob Russland wirklich die Transformation in eine Volkswirtschaft schaffen wird, welche nicht nur von Rohstoffen und damit von den Schwankungen der Weltmarktpreise abhängig sein wird."

Die Finanzkrise 1998

Der bereits zitierte langjährige Moskauer Journalist Roman Berger schrieb in einem kritischen Artikel Folgendes: „Während das übrige Russland in einer Depression zu versinken drohte, herrschte Mitte der 1990er-Jahre in Moskau Goldrauschstimmung. Die Börse boomte. Der Boom beruhte auf Geldern, die nur kurzfristig ins Land kamen und so schnell Gewinn abwarfen. Gleichzeitig deckte der weiterhin marode Staat Haushaltsdefizite durch kurzfristige Anleihen, die Gewinnchancen bis zu 200 Prozent schufen. Die staatlich garantierten Anleihen entwickelten sich zu einem Pyramidensystem. Am 17. August 1998, nur wenige Tage nachdem Präsident Jelzin versichert hatte, es werde keine Abwertung geben, kollabierte der Rubel und mit ihm die meisten großen Banken. Das System der Staatsanleihen und die gigantische Spekulation brachen zusammen. Nach der Hyperinflation traf die Augustkrise erneut die entstehende Mittelklasse am härtesten, also jene Bevölkerungsschicht, welche die wichtigste Basis für Demokratie und Marktwirtschaft in Russland hätte sein sollen." Weiter schrieb Roman Berger: „Der August 1998 offenbarte den wahren Charakter der Privatisierung. Sie hatte das Kapital in die Hände einer ‚Elite' gelegt, welche nicht Werte schöpfte – sondern abschöpfte und zum großen Teil ins Ausland schaffte. Dazu gehören auch die Kredite des IWF. Laut Schätzungen der *New York Times* (15.08.1999) sind zwischen 1993 und 1998 schätzungsweise 200 bis 500 Milliarden US-Dollar aus Russland abgeflossen. In Hearings des amerikanischen Kongresses bezeichneten hohe US-Regierungsbeamte und Experten diesen Kapitalabfluss als ‚gigantische Plünderung Russlands' unter dem Schutz der internationalen Finanzinstitutionen und als ‚Blutinfusion für die westliche Finanzwelt'.

Inzwischen hat Russland dank der Petrodollars die Kredite zurückbezahlt. Die gleichen Kredite, die in den 1990er-Jahren in den Taschen der neuen russischen Kleptokratie und amerikanischer sowie europäischer Banken verschwanden, sind jetzt mit Mitteln aus dem staatlichen Stabilitätsfonds zurückbezahlt worden. Das heißt: Die Zeche bezahlt das russische Volk."

Die schwierige Zeit der Finanzkrise 1998 endete im faktischen Staatsbankrott. Russland erholte sich aber erstaunlich schnell von dieser sogenannten Rubelkrise. Eine Mischung aus Reformbereitschaft und Glück legte das Fundament für eine lange Wachstumsphase. Dabei konnte Russland auf den in den 1990er-Jahren gelegten marktwirtschaftlichen Grundlagen aufbauen (NZZ vom 9.07.2011).

Konsolidierung der russischen Zementindustrie (1994–2011)

Durch eine Minderheitsbeteiligung von 19 Prozent an Alfa Cement war die Holderbank im Mai 1994 an den folgenden Zementfabriken beteiligt: Gornosavodsk (60 %), Novoros (42 %), Suchoilog (18,6 %) und ferner mit noch kleineren Beteiligungen an Volsk und Shurovo. Mit dem von Holderbank investierten Geld in die Alfa Cement konnten innerhalb eines Jahres zusätzlich Mehrheitsbeteiligungen an Spassk (60 %) und Shurovo gekauft werden. Damit war die Alfa Cement anfangs 1995 die größte Zementgruppe in Russland.

1998 schied ich aus dem Verwaltungsrat der Alfa Cement aus im Zusammenhang mit dem vorzeitigen und freiwilligen Ausscheiden von Tres Pestalozzi aus der Konzernleitung und dem Wechsel zu seinem Nachfolger. Die Holderbank verkaufte in der Folge verschiedene Beteiligungen und wurde Mehrheitsaktionär an Shurovo und Volsk. Diese Verkäufe wurden bereits von Alexander Vogler kommentiert.

Stern kaufte in rascher Folge vier Zementfabriken: 1995 Maltsovskij, 1996 Mikhailov, 1997 Lipetsk und 2001 Savinsk.

Im Jahr 2002 verkaufte die Stern-Gruppe ihre Fabriken an Filaret Galtschew. Im Jahr 2003 kaufte Galtschew zwei Fabriken im Ural dazu: Katav und Neviansk. 2004 wurde diese Gruppe in Eurocement umbenannt. Damit erreichte diese Gruppe bereits eine Zementkapazität von 7,5 Millionen Tonnen.

Dyckerhof Cement war Mehrheitsaktionär an Suchoilog im Ural.

Lafarge konnte 1996 eine Mehrheitsbeteiligung an Voskresensk in der Nähe von Moskau kaufen. 2003 erwarb Lafarge noch Ural Cement.

Heidelberg kaufte 2002 eine Mehrheitsbeteiligung an Slancy in der Nähe von St. Petersburg.

Jelena Baturina, die Frau des allmächtigen Bürgermeisters Juri Luschkow von Moskau und reichste Frau Russlands, gründete 1991 das russische Unternehmen Inteko, das zunächst im Kunststoffbereich fokussiert war und sich dann im Bauwesen in Russland durchsetzte. Das Unternehmen erhielt in den folgenden Jahren viele Aufträge der Stadt Moskau wie beispielsweise den Bau der 85 000 Sitze im Olympiastadion Luschniki.

Inteko kaufte 2002 Podgorensky Tsement und Oskoi Tsement. 2003 wurde Belgorodsky Tsement gekauft und 2004 eine Beteiligung an Pikalevsky Tsement und eine Minderheit an Zhigulevsk und Ulyanovsk sowie eine Fabrik in der Ukraine. Inteko konnte mittlerweile eine Zementkapazität von 14 Millionen Tonnen vorweisen. 2005 traf Inteko (Jelena Baturina) den strategischen Entscheid, alle Zementbeteiligungen zu verkaufen, wobei diese im Baukonzern „Inteko" integriert waren. Inteko blieb jedoch auch nach dem Verkauf der Zementwerke das größte Bauunternehmen Russlands. Übernommen wurden die Zementwerke der Inteko im April 2005 von Eurocement. Diese von Filaret Galtschew kontrollierte Gruppe besaß bereits eine Jahreskapazität von 7,5 Millionen Tonnen Zement durch den Kauf der Stern-Gruppe. Damit hatte Eurocement 2005 eine totale Zementkapazität von 21,5 Millionen Tonnen Zement. Eurocement besaß nun einen Marktanteil von mehr als 40 Prozent in Russland. Das Unternehmen ist neben Russland auch in der Ukraine und Usbekistan aktiv und beschäftigt 30 000 Mitarbeiter.

Im Januar 2004 wurde Alfa Cement mit 4,1 Millionen Tonnen Zementkapazität eine Tochtergesellschaft von Holcim, wobei diese als Tochtergesellschaft der Holcim-Auslandsbeteiligungen operierte. Die wichtigen Beteiligungen von Gornosavodsk (Ural) und Novoros (am Schwarzen Meer) und Spassk (russischer Ferner Osten) waren inzwischen verkauft oder gegen Aktienpakete an Alfa Cement getauscht worden.

Die Inteko kaufte 2006 erneut Zementbeteiligungen an: Verkhnebakansky und Atakai Tsement.

Im September 2008 wurde der russische Eurocement-Konzern noch wagemutiger und kaufte in zwei Schritten eine Beteiligung von 6,25 Prozent am schweizerischen Zementkonzern Holcim! Man fragte sich, wird Holcim mit der Zeit eine russisch kontrollierte Gesellschaft?

Im September 2011 verstärkte der Großaktionär Eurocement sein Engagement auf 10,1 Prozent. Schlussfolgerung: Russland will nach Europa, diesmal ohne Panzer. Eurocement ante portas? Im Gegenzug hat Thomas Schmidheiny sein Engagement von 18,2 auf 20 Prozent hochgefahren. Wie aus den Zeitungsberichten hervorging, haben sowohl Schmidheiny als auch die Russen günstig eingekauft (unter Buchwert).

Bis 2003 kontrollierte Thomas Schmidheiny den Konzern als Mehrheitsaktionär. Seit der Einführung einer Einheitsaktie halbierte sich sein Stimmenanteil am Konzern von 54 auf 27 Prozent. In den Folgejahren senkte er seinen Anteil auf 18,2 Prozent.

Im Tagesanzeiger (12.10.2011) wird unter anderem festgestellt: „Seit Filaret Galtschew, Besitzer von Russlands größtem Zementkonzern Eurocement, seine Beteiligung an Holcim auf 10 Prozent aufgestockt hat, wird spekuliert, was er bezweckt. Gibt es einen Machtkampf mit Holcim-Großaktionär Thomas Schmidheiny, der seine Beteiligung jüngst auf 20 Prozent vergrößerte, wie es die ‚Financial Times' insinuiert? Im Sommer 2007, mitten im Börsenboom, war Holcim über 40 Milliarden Franken wert. Seither fiel der Börsenwert auf 17 Milliarden, liegt also deutlich unter dem Mitte des Jahres ausgewiesenen Buchwert. Galtschew stufte Holcim offenbar als Schnäppchen ein und kaufte kräftig. Für eine Übernahme ist der Schweizer Zementriese aber wohl tatsächlich eine Nummer zu groß für ihn. Galtschew steht mit einem Vermögen von 3,5 Milliarden US-Dollar erst auf Platz 31 der ‚Forbes-Liste von Russlands Reichsten'. Oerlikon-Großaktionär Victor Vekselberg liegt mit 13 Milliarden US-Dollar auf Platz 10.

Doch wer ist der hierzulande fast unbekannte Besitzer von Eurocement, dem mit 16 Fabriken und 37,5 Millionen Tonnen Kapazität größten Zementproduzenten Russlands? Der Bergbauingenieur wurde im Handel mit Kohle und dem Export von Kohle reich, kaufte dann Zementwerk um Zementwerk auf, zeitweise gemeinsam mit dem Oligarchen Abramowitsch, mit dem er sich später verkrachte.

Wie viele russische Oligarchen finanziert Galtschew seinen Aufstieg zu einem großen Teil mit Krediten. Allein bei der Sberbank war er letztes Jahr mit 49 Milliarden Rubel (1,4 Milliarden Franken) verschuldet. Wie solide sein Zementkonzern dasteht, weiß niemand.

Dass Filaret Galtschew die Holcim-Beteiligung aufgestockt hat, weist darauf hin, dass er wie viele reiche Russen sein Vermögen vor staatlichem Zugriff schützen will. Galtschews Holding in Zürich, in die er 2007 seine Zementbeteiligungen in Russland, Usbekistan und der Ukraine einbrachte, verfügt über ein Aktienkapital von 430 Millionen Franken."

Eröffnung des vollständig modernisierten und erweiterten Shurovo-Zementwerks der Holcim im Sommer 2011. rechts: der russische Präsident Medwedew, Mitte die schweizerische Bundespräsidentin Calmy-Rey und daneben der Holcim-CEO Akermann. Foto: Holcim

Russland heute und morgen

Russland hat sich von einem wirtschaftlich ausgelaugten Nachfolgestaat der Sowjetunion dank steigender Erdölpreise zu einem kapitalstarken Land entwickelt. Während in Russland viele – auch heute noch – der vor mehr als zwanzig Jahren untergegangenen Sowjetunion nachtrauern, sind Marx und Lenin für viele Jugendliche lediglich Namensgeber für Straßen. Russland hat im Übergang von einer Plan- zu einer Marktwirtschaft einen rasanten wirtschaftlichen Aufschwung erlebt. Unter den BRIC-Staaten (Brasilien, Russland, Indien und China) weist der flächenmäßig größte Staat mit Abstand das höchste Pro-Kopf-Einkommen von 15 900 US-Dollar auf, fast 50 Prozent höher als das von Brasilien und mehr als zwei Mal größer als dasjenige von China gemäß dem „Central Intelligence Agency's World Fact Book". Die Zahl der Familien mit einem jährlichen Einkommen von mehr als 10 000 US-Dollar hat sich in den letzten drei Jahren verdreifacht. Aus einem heruntergewirtschafteten Imperium ist ein kapitalstarker Staat mit den drittgrößten Währungsreserven der Welt geworden. Diese Entwicklung hat allerdings erst vor rund zehn Jahren begonnen. Noch 1998 war Russland vor dem Bankrott gestanden. Der wirtschaftliche Aufschwung erfolgte vor allem, während Vladimir Putin 2000 bis 2008 als russischer Präsident amtierte (NZZ vom 9.07.2011).

Wie aus der NZZ am Sonntag (5.6.2011) zu erfahren war, fasst die russische Wirtschaft wieder Tritt. Die schiere Größe des Landes macht Russland zum interessanten Absatzmarkt für Schweizer Unternehmen. 2010 exportierten diese Waren für 2,7 Milliarden Schweizer Franken. Das Geschäft gehorcht jedoch trotz allem seinen eigenen Regeln. Auch heute noch läuft ohne Beziehungen nichts. Die Entscheidungsträger sitzen wie zu Zeiten der Sowjetunion in Moskau. Komplizierte Zollvorschriften hemmen Exporte. Die Wirtschaft ist immer noch stark auf Rohstoffe und Energie ausgerichtet. Viele Betriebe gingen aus den Kombinaten der Sowjetzeit hervor. Technologisch hinken die meisten immer noch hinterher. Der Investitionsbedarf ist enorm, die hohen Kosten einer Modernisierung können abschreckend wirken.

Wie aus einer Holcim-Pressemitteilung (13. Juli 2011) hervorgeht, sieht Holcim in Russland im Jahr 2011 ein Wachstum des Zements von 15 Prozent, in Indien ein solches von 8 bis 10 Prozent. In Shurovo (100 Kilometer südlich von Moskau) ist gemäß dieser Pressemitteilung ein neues, vollständig modernisiertes Zementwerk mit einer Jahreskapazität von 2,1 Millionen Tonnen eröffnet worden, im Beisein des russischen Präsidenten (Dimitri Medwedew) und der schweizerischen Bundespräsidentin (Micheline Calmy-Rey). Diese Mitteilung hat Dominik und mich natürlich gefreut, aber auch etwas nachdenklich gestimmt im Hinblick auf unsere ursprünglichen Akquisitionsziele in Russland. Holcim erwartet – gemäß Pressemitteilung –, dass der russische Zementmarkt in fünf bis zehn Jahren auf ein Volumen von 80 bis 100 Millionen Tonnen wächst, heute sind es 57 Millionen Tonnen. Vom CEO wurde erklärt: „In diesem Markt sind wir aktiv und halten einen Anteil von 10 bis 15 Prozent. Wir sind damit etwa die Nummer vier. Das Werk Shurovo trägt wesentlich zur langfristigen Versorgungssicherheit des Großraums Moskau mit hochwertigem Baustoff bei." Präsident Dimitri Medwedew hielt in seiner Begrüßungsansprache fest, dass „dieses Werk das Aushängeschild der russischen Zementindustrie sei und bezüglich Umweltfreundlichkeit neue Maßstäbe setze".

Die in der Pressemitteilung angegebene Investitionssumme für den Ausbau und die Modernisierung von mehr als 500 Millionen Euro scheinen mir allerdings enorm hoch zu sein.

Aufgrund der langfristigen positiven Entwicklung von Russland ist es für mich nicht nachvollziehbar, weshalb nach dem Ausscheiden von Tres Pestalozzi (1998) aus der Konzernleitung die vielen Beteiligungen an interessanten Werkspositionen für wenig Geld (fast für ein Butterbrot) verkauft oder gegen Alfa-Cement-Aktien getauscht wurden. Natürlich war es damals schwierig, von Holcim zusätzliches Geld für die Aufstockungen von Minderheitsbeteiligungen an Fabriken der Alfa Cement zu erhalten. Mit etwas Mut und einer langfristigen Betrachtungsweise des Potenzials von Russland hätte es eigentlich klar sein sollen, dass anstelle des Verkaufs von Minderheitsbeteiligungen mit verhältnismäßig wenig Geld zusätzliche Beteiligungen an einigen Zementanlagen hätten erworben werden können, wodurch Holcim diese Zementfabriken kontrolliert hätte. Damit wäre Holcim heute der größte oder mindestens der zweitgrößte Zementproduzent in Russland. Natürlich hätte zu einem späteren Zeitpunkt noch viel Geld für die Rehabilitation dieser Werke eingesetzt werden müssen, wichtige zusätzliche Positionen wären aber durch Holcim besetzt gewesen und vor allem hätte Holcim heute ein genügendes Gegengewicht im Heimmarkt von Galtschew (Eurocement). Im Vergleich zu der hohen Investitionssumme, die für ein bestehendes oder neues Zementwerk in der übrigen Welt und heute auch in Russland bezahlt werden muss, wären diese zusätzlichen Investitionen der Holcim in Russland aus heutiger Sicht ein Schnäppchen gewesen. Ein letztes Zeitfenster („window of opportunity") wurde meiner Meinung nach nicht für einen mutigen Schritt nach vorne benutzt, sondern endgültig verpasst.

Zurück zum Russland von heute und morgen: Gemäß der NZZ (15.06.2011) gehört mittlerweile schrill zur Schau gestellter Reichtum zur russischen Hauptstadt: Dunkle Maybach-Limousinen und auffällige Hummer-Fahrzeuge vor teuren, grell glitzernden Restaurants gehören zum alltäglichen Stadtbild. Meist wird die Erscheinung noch mit Sicherheitsleuten abgerundet, die mehr Statussymbol als Notwendigkeit sind.

Seit 2011 gehört Russland – neben China und den USA – dem exklusiven Klub der Länder mit über 100 Milliardären an – das Land zählt 101 dieser sehr wohlhabenden Personen. Auffallend an ihnen ist das Alter: Es beträgt im Durchschnitt gerade 49 Jahre im Vergleich mit den 60 bis 74 Jahren wohlhabender Personen in andern Ländern. Ihr Vermögen ist jüngeren Datums: Von 7 im Jahr 2002 ist die Anzahl der russischen Milliardäre auf 27 im Jahr 2005 gewachsen. Anfang 2011 vereinigten die gut 100 Milliardäre Russlands ein Vermögen von circa 432 Milliarden US-Dollar. Laut der Beratungsfirma Deloitte soll das Vermögen der Millionäre von derzeit 790 Millionen US-Dollar auf 2 700 Milliarden US-Dollar im Jahr 2020 steigen.

Laut einem Artikel in der NZZ (6.09.2011) ist seit Beginn des neuen Jahrtausends, der Präsidentschaft Vladimir Putins, der Lebensstandard beständig angestiegen. Dank hoher Einnahmen aus dem Export von Gas und Öl wurde Moskau zur Luxus-Metropole mit der weltweit höchsten Dichte an Milliardären und entsprechend astronomischen Preisen. Auch die langsam wachsende Mittelklasse profitierte vom Wirtschaftswachstum und dem boomenden Dienstleistungssektor. Ausgeschlossen vom Fortschritt blieb jedoch der ländliche Raum. Während die Städte boomen, entvölkert sich die weitere Umgebung. Lange lag die landwirtschaftliche Produktion nach dem Zusammenbruch der Sowjetunion am Boden, die Privatisierung erfolgte nur langsam, die Vergabe von Krediten stockte. Russland, das Land mit der größten landwirtschaftlichen Nutzfläche pro Einwohner, musste sogar Getreide importieren. Inzwischen hat sich das Agrarwesen, das vor allem in großen Kooperativen organisiert ist, erholt. Kleine und mittelständische Familienbetriebe gibt es kaum. So sterben weite Gebiete des riesigen Landes nach und nach aus.

Angesichts der Schuldenkrise vieler westlicher Staaten scheint Russland stabil zu sein. Die Auslandsverschuldung der Banken und Unternehmen ist – im Gegensatz zu 2009 – geringer. Die niedrige staatliche Schuldenquote liegt bei weniger als 10 Prozent des BIP – davon können die meisten Industriestaaten nur träumen. Dazu kommt, dass Russland heute über die drittgrößten Reserven ausländischer Währungen verfügt. Die Wachstumsaussichten sind intakt: Der Internationale Währungsfonds (IWF) rechnet für Russland (2011) mit einem Plus von 4,8 Prozent. Allerdings musste Russland 2009 einen Rückgang des BIP um 7,9 % hinnehmen. Dennoch ist diese Zahl in Relation zur durchschnittlich erreichten Rate von 7 Prozent während der Jahre 2000 bis 2007 gering. Keiner der BRIC-Staaten wurde so hart getroffen wie Russland. Vor dem Hintergrund der europäischen Schuldenkrise und des Risikos einer globalen Abschwächung der Wirtschaftsleistung ist ein weiterer Rückgang des Wachstums (von derzeit über 4 Prozent) in den nächsten Jahren möglich und trotzdem sind die Wachstumsaussichten intakt. Auch wenn das prognostizierte Wachstum der kommenden Jahre für Russland mit etwas mehr als 4 Prozent gering erscheinen mag, schneidet das Land im Vergleich mit den Industrienationen gut ab. Auf längere Sicht werden vor allem der Aufholeffekt beim Konsum sowie das Anwachsen der Mittelschicht als wichtige Gründe für die zunehmende Bedeutung angeführt. Der Konsum macht derzeit rund 50 Prozent des Bruttoinlandsprodukts aus (in Industrieländern beträgt dieser Wert rund 60 Prozent).

Der IWF empfiehlt, die fiskalische Abhängigkeit vom Erdöl zu reduzieren, die Inflation zu senken, ein kompetitiveres Bankensystem zu etablieren und die Rahmenbedingungen für Investitionen und Diversifizierung der Wirtschaft zu verbessern. Derzeit liegt der Preis für Erdöl der Sorte Urals bei mehr als 100 US-Dollar je Fass. Sänke dieser auf 80 US-Dollar, würde das Wirtschaftswachstum 2012 nur 2 Prozent statt knapp 4 Prozent betragen. Bei einem Preis von 60 US-Dollar würde Russland in eine Rezession schlittern (NZZ 13.10.2011).

Fast zwanzig Jahre nach dem Ende der Sowjetunion ist die Gesellschaft vermutlich so frei wie nie zuvor in der russischen Geschichte, sich im Privaten zu verwirklichen, selbst wenn der berufliche oder soziale Aufstieg für viele der mittleren Generation beschränkt ist. Politisch sind die Grenzen enger gesteckt (NZZ vom 7.05.2011).

Wenn man bedenkt, dass in der Euphorie des Aufbruchs anfangs der Neunzigerjahre die Leute plötzlich gezwungen waren, für ihr Leben selbst Verantwortung zu übernehmen, ist dieser enorme Umschwung von der Planwirtschaft zu einer Marktwirtschaft schlussendlich gut gelungen. Der dadurch ausgelöste Schrecken und die entstandene Ratlosigkeit sind heute verschwunden und stattdessen kreative Kräfte freigesetzt worden. An das Bild des Staates als umfassender Versorger glaubt zum Glück heute niemand mehr.

Es mag allerdings stimmen, dass gemäß NZZ (20./21.08.2012) noch immer eine Nomenklatura das Land lenkt: eine kleine Kaste aus Politikern, Beamten, Geheimdienstlern und Wirtschaftsleuten. Alle nach dem Augustputsch 1991 verwirklichten Elemente einer lebendigen Demokratie, die sich nicht in einem formalen Wahlakt erschöpft, wurden ganz oder teilweise zurückgenommen. Putin entmachtete das widerspenstige Parlament. Das Wahlrecht wurde geändert und unabhängige Abgeordnete verschwanden ebenso wie die liberalen Oppositionsparteien.

Meiner Meinung nach ist es allerdings fraglich, ob wir in der Schweiz berechtigt sind, andere Staaten an unseren Idealvorstellungen einer (direkten) Demokratie zu messen und zu qualifizieren. Russland hat jedenfalls wirtschaftlich und auch politisch riesige Fortschritte gemacht und beginnt, ein echter Partner des Westens zu werden.

Das Potenzial ist groß, doch es wird nicht genutzt. Zu diesem Befund über Russlands Wettbewerbsfähigkeit kommt der „Russia Competitiveness Report 2011", den die russische Sberbank und das World Economic Forum präsentiert haben. Wie die Autoren betonen, ist Russland, der größte Flächenstaat der Welt, hinter China, Indien oder Brasilien zurückgefallen, weil die Produktivität nicht gesteigert wurde. Dabei könnte Russland mit seinen 143 Millionen Einwohnern über klare Wettbewerbsvorteile verfügen: die Größe des Marktes, die Menge gut ausgebildeter Leute und der Reichtum an Naturressourcen.

Natürlich wird es immer wieder Rückschläge geben. So zeigt sich die russische Währung im Moment (2011) schwach wie schon seit Jahren nicht mehr. Auch die Kurse der russischen Aktienmärkte zeigen nach unten. Wegen der langwierigen europäischen Schuldenkrise und der Furcht vor einer weltweiten Rezession ist der Erdölpreis, welcher für Russland eine herausragende Bedeutung hat, unter Druck geraten. Zudem kämpft Moskau mit Kapitalflucht (NZZ vom 24.09.2011).

Die EU ist der bei Weitem größte Handelspartner Russlands und das Handelsvolumen ist im Laufe des letzten Jahrzehnts rasch angewachsen. Im Jahr 2010 stammte fast die Hälfte der russischen Exporterlöse aus der EU, nachdem das Handelsvolumen zwischen 2000 und 2010 von 66 auf knapp 300 Milliarden US-Dollar, also um das Vierfache zunahm. Das russische Pro-Kopf-Einkommen hat sich im letzten Jahrzehnt fast verzehnfacht auf nunmehr 15 900 US-Dollar. Nach dem jüngsten Human Development Index Report der Vereinten Nationen gilt Russland als „entwickeltes Land mit mittlerem Einkommen".

Westeuropäische Unternehmen reagieren denn auch auf den Anstieg des verfügbaren Einkommens, indem sie nach Russland drängen und vom rasch wachsenden Verbrauchermarkt profitieren. So soll Russland in den nächsten fünf Jahren zu einem der größten Automobilmärkte werden.

In einem Artikel über Pepsi: „bullish on Russia", schrieb die *Financial Times* am 17.10.2011: „There are some groups that seem to be perfectly content about the country's political and fiscal direction. Take for instance Pepsico. Over the last decade, the company has invested USD 19 billion in Russia, thanks to a close working relationship with the Kremlin leadership. And over the next two years, under Putin's leadership, the company will invest an additional USD 1 billion more, Indra Nooyi, Pepsico's chief executive, said in Moscow on Monday after a meeting between Putin and global business leaders. Speaking to journalists at a separate event after the meeting, Nooyi said Pepsico was unpeturbed by Putin's return to power. ‚The politics of Russia is not what worries us', she said in response to a question from beyondbrics, ‚We worry whether the leadership is friendly to investment and I can tell you that over the last few decades the leadership has been friendly to Pepsi. And we've had a great record with them whether it is building plants, whether it is helping us through regulations and licenses to put in a potato crop, the Russian government has worked very constructively with us. And that's what matters to us. Russia's fundamentals are very good. It's a great base of oil, natural resources. It's got all the basics required to be a successful country for the long term', she added."

Gemäß der NZZ vom 20.10.2011 ist der postsowjetische Raum weiter im Umbruch. In St. Petersburg unterzeichneten acht Mitglieder der Gemeinschaft Unabhängiger Staaten (GUS) ein Freihandelsabkommen (Usbekistan, Turkmenistan und Aserbaidschan werden voraussichtlich Ende 2011 unterschreiben). Durch die Freihandelszone sollen ebenso Import- und Exportzölle abgeschafft werden.

Die GUS war nach dem Zusammenbruch der Sowjetunion 1991 gegründet worden. Außer den baltischen Staaten und Georgien sind in der GUS alle Nachfolgestaaten der Sowjetunion vertreten. Russland gründete bereits mit Weißrussland und Kasachstan eine Zollunion, was eher eine tiefere Integration als eine Freihandelszone bedeutet.

Im Vergleich zu anderen großen „emerging markets" hinkt Russland hinsichtlich „foreign direct investment" (FDI) hinterher. Das Land erhielt – gemäß dem Finanzministerium – ungefähr 14 Milliarden US-Dollar FDI im Jahr 2010, also bedeutend weniger als Indien mit 26 Milliarden US-Dollar und China mit gigantischen 106 Milliarden US-Dollar.

Der russische Präsident Medwedew hat für Reformen bereits konkrete Vorstellungen. So soll bis August 2011 ein radikaleres Privatisierungsprogramm vorliegen und die politische Macht dezentralisiert werden. Ebenfalls sollen die Regierungsvertreter aus den staatlich kontrollierten Firmen entfernt werden. Dieses Privatisierungsprogramm soll Einkünfte für den russischen Staat von 58,5 Billionen US-Dollar bis im Jahr 2015 einbringen. Mehr als 1 000 Firmen sollen dabei ganz oder teilweise privatisiert werden. Ein Test für die Ernsthaftigkeit dieses Vorhabens wird der 2012 vorgesehene Verkauf von 15 Prozent des Öl-Giganten Rosneft sein, was zum gegenwärtigen Marktpreis 10 Milliarden US-Dollar Einnahmen bedeuten würde. Um Investoren ins Land zu locken, sollen alsbald Beschränkungen für die Platzierung russischer Wertpapiere im Ausland fallen und Visa-Erleichterungen für Investoren eingeführt werden.

Schlussbemerkungen

Wie ich bereits erwähnt habe, besitzt Russland ohne Zweifel ein großes Potenzial: Seine Vorteile sind der einfache Zugang zu Rohstoffen, die Größe des Marktes und die relativ gute Ausbildung der Bevölkerung im mathematisch-naturwissenschaftlichen Bereich. Es darf auch nicht vergessen werden, dass die Russische Föderation zwar wesentlich kleiner ist, als es die Sowjetunion bis Ende 1991 war, aber flächenmäßig immer noch das größte Land der Welt – fast zweimal so groß wie die USA.

Die vielen erlebnisreichen Besuche in Russland haben mir das Verständnis und die Schönheit dieses riesigen Landes und besonders die Denkweise der freundlichen Bevölkerung nähergebracht. Meine militärische Ausbildung in der Schweiz war geprägt von der Gefahr eines Angriffs der Sowjetunion auf Westeuropa, weshalb wir während der Dauer des Kalten Krieges die Rettung der Freiheit und des Wohlstandes in einer starken Armee sahen. Vor allem betrachteten wir die militärische Macht der USA als unsere Lebensversicherung. Von einem westlich geprägten „Kalten Krieger", der in jedem Russen den gefährlichen Feind mit einer falschen Ideologie sah, bin ich zu einem Freund und in vieler Hinsicht zu einem Bewunderer der „russischen Seele" und Kultur geworden. Die Russen sind liebenswert und so gastfreundlich, dass sie einen damit fast erdrücken. Ohne die vielen Reisen und Kontakte mit einfachen Arbeitern, den Roten Direktoren, Politikern, Bürokraten, Oligarchen und dem Willen, die russische Vergangenheit und Gegenwart besser zu verstehen, wäre mein besseres Verständnis von Land und Leuten nicht möglich gewesen. Ich glaube deshalb, dass das eingangs meines Buches wiedergegebene Zitat von Kierkegaard – „Das Leben kann nur rückblickend verstanden werden. Es muss aber vorausschauend gelebt werden" – auf meine Russlanderlebnisse vollkommen zutrifft.

In der Rückschau empfinde ich es heute als besonders faszinierend, dass ich privilegiert war, in enger Zusammenarbeit mit Tres Pestalozzi und Dominik Wlodarczak die frühen 1990er-Jahre vor Ort zu erleben: den abrupten und weltpolitisch bedeutenden Übergang von einem siebzig Jahre dauernden kommunistischen und totalitären Sowjetreich zu einem unreglementierten kapitalistischen Wirtschaftsmodell (Frühkapitalismus). Es waren die wahren Gründerjahre des neuen Russlands, der Wilde Osten! Diese schockartige und rasche Zeitwende war mit ungeheuren finanziellen und existenzbedrohenden Opfern der Bevölkerung (Verarmung) verbunden, wobei gleichzeitig eine kleine Minderheit in kurzer Zeit zu enormem Reichtum gelangte. Diese nutzten in den 1990er-Jahren die Graubereiche und schwarzen Stellen einer Transformationsökonomie aus und dies in einem Land, in welchem vielerorts die staatlichen Strukturen nicht mehr funktionierten, dafür aber die Korruption ungehemmt grassierte.

Es darf aber nicht vergessen werden, dass in der Folge des Untergangs der Sowjetunion für alle Bürger neue Freiheiten und mehr Verantwortung entstanden sind. Auch wenn ich viele Mängel der Privatisierung festgestellt und beschrieben habe, so ist mir heute klar, dass die Reformer im Jahr 1991 vor der schier unmöglichen Aufgabe standen, die sowjetische Kommandowirtschaft in ein auf Nachfrage und Angebot aufbauendes System zu überführen. In den frühen 1990er-Jahren wurden – wie ich dies anhand verschiedener selbst erlebter Beispiele darzulegen versuchte – die Preise freigesetzt, Eigentumsrechte eingeführt und erste Privatisierungen durchgeführt. Diese Ziele haben die Reformer weitgehend erreicht. Das allergrößte Verdienst der Reformer ist die erfolgreiche Umsetzung von der Planwirtschaft hin zu einer Marktwirtschaft, welche heute nicht mehr rückgängig gemacht werden kann. Die dabei entstandenen Härten für große Teile der Bevölkerung, insbesondere für die ältere Generation, waren jedoch so groß, dass 1996 bei der Wiederwahl von Jelzin beinahe die Kommunisten wiederum die Oberhand gewonnen hätten. Dies zu vermeiden, war ursprünglich das wichtigste Ziel der Reformer – und das ist ihnen schlussendlich auch gelungen.

Nachwort

Als ich im Frühling 2011 zufällig in Aarau Dominik Wlodarczak, meinen ehemaligen Assistenten aus den Zeiten des Russland-Feldzugs, nach langer Zeit wiedertraf, sprachen wir leicht nostalgisch über die unvergesslichen Erlebnisse zur Zeit der „Wende" in Russland (1993/94). Wir beide hatten über diese Zeit von Wirtschaftsleuten, die selber dabei gewesen waren, noch nie etwas gelesen. Ich erklärte Dominik, dass ich bereit wäre, ein Buch über diese Epoche, so gewissermaßen als Zeitzeuge, zu schreiben, sofern er mich mit seinem hervorragenden Gedächtnis unterstützen oder sich sogar beim Schreiben am Buch beteiligen würde. Dominik sagte begeistert zu, wobei er mich darauf aufmerksam machte, dass er nur wenig Zeit zur Verfügung habe und deshalb als Co-Autor nicht infrage kommen könne. Nicht zuletzt dank seinen gelungenen Beiträgen ist schlussendlich dieses Buch von Zeitzeugen über die Erlebnisse in einer kritischen Zeit Russlands entstanden. Wir kamen im Verlaufe des weiteren Vorgehens auf die Idee, noch weitere ehemalige „Russland-Kämpfer" um einen Beitrag anzufragen. Ich bin deshalb Cyrille Kisselevsky, Kurt Häfeli, Marc Wurtz und Alexander Vogler für ihre lebendigen Schilderungen des Zeitgeschehens ebenfalls zu Dank verpflichtet.

Ein besonderer Dank gilt auch dem langjährigen Russlandkenner Prof. Dr. Karl Eckstein, der einige wichtige Ergänzungen und Korrekturen vorgenommen hat.

Dem manchmal sehr einsamen Schreiber haben Felix Gähwiler, Dr. Paul Fink und Dr. Max D. Amstutz sowie Altbotschafter Dr. Johann Bucher durch ihre Anregungen und positiven Kommentare Mut zum Weiterschreiben gemacht.

Der Autor

Derrick Widmer studierte Rechtswissenschaften an der Universität Bern, an der University of Chicago Law School, Universität von Mexico D. F. und an der Harvard Business School, Cambridge, USA. Er ist ehemaliger Direktor bei Holcim Group Support, Oberst der Militärjustiz a.D., Gründer und langjähriger Präsident der Swiss-Indian Chamber of Commerce, Honorarkonsul der Republik Kasachstan, Präsident des Komitees für Schweizer Schulen im Ausland und Vorstandsmitglied von Stiftungen für Entwicklungsarbeit in Lateinamerika. Bisher veröffentlichte der Autor das Buch „America in the early 1960's – a love story" und den autobiografischen Roman „The Merry Mad Monks of the DMZ. Erinnerungen an ein abenteuerliches Leben auf dem 38. Breitengrad in Korea 1964" (novum pro Verlag).

novum VERLAG FÜR NEUAUTOREN

Der Verlag

„Semper Reformandum", der unaufhörliche Zwang sich zu erneuern begleitet die novum publishing gmbh seit Gründung im Jahr 1997. Der Name steht für etwas Einzigartiges, bisher noch nie da Gewesenes.
Im abwechslungsreichen Verlagsprogramm finden sich Bücher, die alle Mitarbeiter des Verlages sowie den Verleger persönlich begeistern, ein breites Spektrum der aktuellen Literaturszene abbilden und in den Ländern Deutschland, Österreich und der Schweiz publiziert werden.
Dabei konzentriert sich der mehrfach prämierte Verlag speziell auf die Gruppe der Erstautoren und gilt als Entdecker und Förderer literarischer Neulinge.

Neue Manuskripte sind jederzeit herzlich willkommen!

novum publishing gmbh
Rathausgasse 73 · A-7311 Neckenmarkt
Tel: +43 2610 431 11 · Fax: +43 2610 431 11 28
Internet: office@novumverlag.com · www.novumverlag.com

novum VERLAG FÜR NEUAUTOREN

Derrick Widmer

The Merry Mad Monks of the DMZ

ISBN 978-3-99003-757-7
318 Seiten
Euro (A) 21,90
Euro (D) 21,30
SFr 38,70

Nach dem heute fast vergessenen grausamen Koreakrieg (1950–1953) beschließt die Schweizer Regierung 1953 eine Delegation von Armeeangehörigen als Maßnahme zur Überwachung des Waffenstillstandsvertrags nach Korea zu schicken. Derrick Widmer ist einer von ihnen. Die persönlichen Erlebnisse und Beobachtungen des Autors und seine authentischen Briefe an seine Eltern machen das Buch zu einem lebendigen Zeitdokument.